副刊文丛

主编 李辉 王刘纯

碰上的缘分

王渝 著

中原出版传媒集团
大地传媒
大象出版社
·郑州·

图书在版编目(CIP)数据

碰上的缘分 / 王渝著.— 郑州：大象出版社，
2017.1
(副刊文丛 / 李辉，王刘纯主编)
ISBN 978-7-5347-8196-4

Ⅰ.①碰… Ⅱ.①王… Ⅲ.①随笔—作品集—中国—
当代 Ⅳ.①I267.1

中国版本图书馆 CIP 数据核字(2016)第 278725 号

碰上的缘分

王　渝　著

出 版 人　王刘纯
项目统筹　李光洁　成　艳
责任编辑　李　爽
责任校对　马　宁
书籍设计　段　旭

出版发行　大象出版社(郑州市开元路 16 号　邮政编码 450044)
　　　　　发行科　0371-63863551　总编室　0371-65597936
网　　址　www.daxiang.cn
印　　刷　北京汇林印务有限公司
经　　销　各地新华书店经销
开　　本　787mm×1092mm　1/32
印　　张　9.5
版　　次　2017 年 1 月第 1 版　2017 年 1 月第 1 次印刷
定　　价　36.00 元

印厂地址　北京市大兴区黄村镇南六环磁各庄立交桥南 200 米(中轴路东侧)
邮政编码　102600　　　　　电话　010-61264834

“副刊文丛”总序

李　辉

设想编一套“副刊文丛”的念头由来已久。

中文报纸副刊历史可谓悠久，迄今已有百年行程。副刊为中文报纸的一大特色。自近代中国报纸诞生之后，几乎所有报纸都有不同类型、不同风格的副刊。在出版业尚不发达之际，精彩纷呈的副刊版面，几乎成为作者与读者之间最为便利的交流平台。百年间，副刊上发表过多少重要作品，培养过多少作家，若要认真统计，颇为不易。

“五四新文学”兴起，报纸副刊一时间成为重要作家与重要作品率先亮相的舞台，从鲁迅的小说《阿Q正传》、郭沫若的诗歌《女神》，到巴金的小说《家》等均是在北京、上海的报纸副刊上发表，从而产生广泛影响的。随着各类出版社雨后春笋般出现，杂志、书籍与报纸副刊渐次形成三足鼎立的局面，但是，不同区域或大小城市，都有不同类型的报纸副刊，因而形成不同层面的读者群，在与读者建立直接和广泛的联系方面，多年来报纸副刊一直占据优势。近些年，随着电视、网络等新兴媒体的崛起，报纸副刊的优势以及影响力开始减弱，长期以来副刊作为阵地培养作家的方式，也随之隐退，风光不再。

尽管如此，就报纸而言，副刊依旧具有稳定性，所刊文章更注重深度而非时效性。在电台、电视、网络、微信等新闻爆炸性滚动播出的当下，报纸的所谓新闻效应早已滞后，无法与昔日同日而语。在我看来，唯有副刊之类的版面，侧重于独家深度文章，侧重于作者不同角度的发现，才能与其他媒体相抗衡。或者说，只有副刊版面发表的不太注重新闻时效的文章，才足以让读者静下心，选择合适时间品茗细读，与之达到心领神会的交融。这或许才是一份报纸在新闻之外能够带给读者的最佳阅读体验。

1982年自复旦大学毕业，我进入报社，先是编辑《北京晚报》副刊《五色土》，后是编辑《人民日报》副刊《大地》，长达三十四年的光阴，几乎都是在编辑副刊。除了编辑副刊，我还在《中国青年报》《新民晚报》《南方周末》等的副刊上，开设了多年个人专栏。副刊与我，可谓不离不弃。编辑副刊三十余年，有幸与不少前辈文人交往，而他们中间的不少人，都曾编辑过副刊，如夏衍、沈从文、萧乾、刘北汜、吴祖光、郁风、柯灵、黄裳、袁鹰、姜德明等。在不同时期的这些前辈编辑那里，我感受着百年之间中国报纸副刊的斑斓景象与编辑情怀。

行将退休，编辑一套“副刊文丛”的想法愈加强烈。尽管面临互联网等新媒体方式的挑战，不少报纸副刊如今仍以其稳定性、原创性、丰富性等特点，坚守着文化品位和文化传承。一大批副刊编辑，不急不躁，沉着坚韧，以各自的才华和眼光，既编辑好不同精品专栏，又笔耕不辍，佳作迭出。鉴于此，我觉得有必要将中国各地报纸副刊的作品，以不同编辑方式予以整合，集中呈现，使纸媒副刊作品，在与新媒体的博弈中，以出版物的形式，留存历史，留存文化。这样，便于日后人们可以借这套丛书，领略中文报纸副刊（包括海外）曾经拥有过的丰富景象。

“副刊文丛”设想以两种类型出版，每年大约出版二十种。

第一类：精品栏目荟萃。约请各地中文报纸副刊，挑选精品专栏若干编选，涵盖文化、人物、历史、美术、收藏等领域。

第二类：个人作品精选。副刊编辑、在副刊开设个人专栏的作者，人才济济，各有专长，可从中挑选若干，编辑个人作品集。

初步计划先从20世纪80年代开始编选，然后，再往前延伸，直到“五四新文学”时期。如能坚持多年，相信能大致呈现中国报纸副刊的重要成果。

将这一想法与大象出版社社长王刘纯兄沟通，得到王兄的大力支持。如此大规模的一套“副刊文丛”，只有得到大象出版社各位同人的鼎力相助，构想才有一个落地的坚实平台。与大象出版社合作二十年，友情笃深，感谢历届社长和编辑们对我的支持，一直感觉自己仿佛早已是他们中间的一员。

在开始编选“副刊文丛”过程中，得到不少前辈与友人的支持。感谢王刘纯兄应允与我一起担任丛书主编，感谢袁鹰、姜德明两位副刊前辈同意出任“副刊文丛”的顾问，感谢姜德明先生为我编选的《副刊面面观》一书写序……

特别感谢所有来自海内外参与这套丛书的作者与朋友，没有你们的大力支持，构想不可能落地。

期待“副刊文丛”能够得到副刊编辑和读者的认可。期待更多朋友参与其中。期待“副刊文丛”能够坚持下去，真正成为一套文化积累的丛书，延续中文报纸副刊的历史脉络。

我们一起共同努力吧！

2016年7月10日，写于北京酷热中

目　录

第二辑 事故篇 盆栽与我

第三辑　阅读篇　给孩子的诗

第四辑　纽约篇　那两只石狮子

序

刘荒田

与文友闲聊，被问及 2016 年的阅读。我说，予我最大愉悦的书，是王渝的小品文集。居住在纽约的王渝大姐和我的文字交往，始于 32 年前，那时她担任《美洲华侨日报》副刊主编，我是学写诗的新移民。直到这个世纪，她开始为香港《大公报》《小公园》版写专栏，我才知道她的小品文如此出色。

她的专栏文，每篇固定 500 字。我也写了 20 多年专栏，深知这碗饭难吃，一旦熟极而流，难免滥、粗、敷衍、没话找话一类弊病。然而王渝作品宛如亭亭净植、香远益清的莲。

我将王渝这类作品称为“正宗小品文”。所谓“正宗”，就是：非随笔的浓缩，散文的删节；不是边角料，不是“文之余”；它小，但不是来自“削足适履”；它圆满俱足，犹如“一花一世界”；它密实，柔韧，有嚼头。读这些珠玑短文，我常常惊讶于作者与小品文的默契，仿佛人间一个不小心，一千个不小心，单单为可爱的王渝准备了这样的题材、内容与思绪，让她做成“恰到好处”的500字文。

细究王渝小品文成功的秘诀，可列出三条：

其一，她这辈子一以贯之的事业，是阅读和写作。青春期在台湾，她是狂热的诗人，是现代诗运动发轫和巅峰期的中坚。在美国，她的主要职业是编副刊与写作。大半个世纪的文坛，从海峡两岸到大洋彼岸，她都了如指掌，信手拈来便是文坛掌故。

沈老伯絮絮地谈着历代的扇子、杂技、布帛和服饰，我努力使自己听觉以外的感觉一律关闭，否则，仅仅因为他老人家绝口不提文学这事，就叫我的心一寸一寸碎裂。

告别的时候，我看见他们屋檐下的洗脸盆里有一条银色小鱼，摇尾扭身欢快地游着。沈老伯说：“本来买回来要吃的，看它那么可爱，舍不得了。”转身离去后，我不敢转身回头看望，因为眼泪已经流了满脸。（《初访沈从文》）

其二，超越常人的丰富与广阔的人生历练。她出生于中国大陆，在南京度过童年，在台湾成长。留学和工作在美国，其间在风光如画的瑞士日内瓦湖畔逍遥数年。笔下尽多华洋浮世绘：

法拉盛一个街角的小公园里，经常聚集一堆人，好几圈围得密密实实，越在外围的人脖子伸得越长。我每次经过都看到同样情形，甚至连寒冷的冬天也一样。有一天，我的好奇心实在按捺不住了，终于跟着感觉走，走近那堆人去看个明白。首先入眼的便是一个高大壮实的男人，一只手环抱住一个矮男人，另一只手则紧紧捂住他的嘴巴。我吓一跳，立刻往后退。我怕他们打架殃及无辜。身旁的老先生对我说："没事，没事。我们在观棋。"（《捂住他的嘴》）

其三，以上所道是环境的因素，即"硬件"，但不起决定作用。使小品文焕发迷人光彩的，是王渝的真性情，打通中西的学养，纽约跨界生活所养成的雍容、儒雅、适度，本色诗人的激情，糅合女性的温婉与母性的洞达。

我第一次听见儿子说"我妈妈最会……"，是他刚进幼儿园的时候，和几个四五岁的小伙伴谈论妈妈的烹调手艺。他们纷纷得意地表扬：我妈妈最会做汉堡包；我妈妈最会炸薯条；我妈妈最会烤蛋糕。忽然听到儿子很骄傲地说："我妈妈最会煮蛋。"后来继续不断听到他说：我妈妈最会迷路，我每次带她回家；我妈妈最会吃糖糖，吃好多哦；我妈妈最会忘记，总是找不到东西；我妈妈最会追鸽子，一直追一直追；我妈妈最会摔跤，滑雪的时候摔很多很多跤。（《我妈妈最会……》）

我酷爱小品文，读张岱，恨不能偷窥他在湖心亭看雪；读睿智通脱的梁遇春、纵横捭阖的林语堂、博古通今的梁实秋、名士气派的董桥，遗憾他们也离我们颇远。读王渝，却一点也不隔，不说书卷气、烟火气，单是不动声色的幽默就叫我绝倒。总是一本正经地出自家的丑，永远是笨笨地、孩子气地随兴挥洒，不经意间带出的，是打通中西的视野、深刻的哲思、热辣辣的人生况味、活色生香的诗情，说她深得英国散文家兰姆、王尔德的神髓，并不过分。

没有疑问，《碰上的缘分》将和两位纽约大作家——王鼎钧先生（王渝和敬爱的鼎公直到现在还常常一起喝咖啡）和木心先生（是王渝在20世纪80年代将投稿者木心推荐给台湾文坛，20世纪90年代木心在台大热，王渝居功不小）——的著作一起，成为我的枕边之书。

2016年春天于旧金山

自　序

王　渝

我之所以写作是由于在写作的过程中能感到充实。平日无端偶或兴起的闲愁、落寞、无所适从等感觉都在提笔的一刹那扩散，向无边无际的虚空疾驰而去，汇成一阵流星雨。

写作中始终困惑我的是落笔的速度永远跟不上思维和感悟的运转，一些原先没有的意念，当笔与纸接触时突然地从意识底层一波推着一波往上涌现。我一边疾书，一边用心捕捉，常常跌进儿时玩捉迷藏的游戏。只是现在是自己跟自己决胜负，空间扩大到无限，时间错叠扭结，一个自己顽皮地躲闪，另一个自己焦急地寻索。

于是形成：

写作的过程是自己寻找自己；

写作的目的是自己寻找自己。

于是在写作的过程中，感觉到的是挣扎：情愫对感觉的挣扎；感觉对身体的挣扎。写作完成时，破茧而出的蛾子纵身飞入另一茫茫陌生的世界。

写作的过程紧附着目的。写作的目的一直在过程中，是本质执着于形式，形式执着于本质的一次终极追求。

本书全部作品均刊登于香港《大公报》《小公园》版。

第一辑 人物篇

周梦蝶入定

周梦蝶入定

在梦蝶兄的书摊上，我认识了曹阳。梦蝶兄常常拿了曹阳的诗，去找地方发表，多半是找余光中老师。那时，余老师编一份小巧玲珑而又别致的《蓝星诗刊》，折叠起来只有一个信封那么大，适合随身携带。至今我都怀念这份诗刊，不仅仅因为我的诗最初都发表在它上面，更是因为它的编排设计，极惹人爱。

曹阳对自己写的诗很不当回事。写了，给人看看就随手乱放。有时梦蝶兄看了喜欢，叫他拿出来发表，他理都不理。梦蝶兄记性好，过目不忘，事后默写下来，再替他送出去。那天曹阳和我谈论郑愁予的诗。他嗤之以鼻地批评我，说女生就只会喜欢什么“我达达的马蹄是美丽的错误”。他说，《天窗》才是更耐读的好诗，说着他背了一句“我是北地忍不住的春天”。尽管我们两个争论得不可开交，一旁的梦蝶兄却垂了眼，一声不发，一副老僧入定的样子。

这时我的同学杨伴丽走了过来，我们这么奇怪的组合，不能不让她惊讶。她瞪大了眼睛跟我说了几句话就满脸纳闷地走开了。伴丽是我的同学中出名的美女。我正生着气，也忘记要替他们介绍。伴丽走出很远了，曹阳说：“真美。”一直没有动静，没出过声的梦蝶兄突然拍了一记大巴掌，赞叹地说：“好香啊！”

写于2009年7月

武昌街的书摊

去年在台北，特地和郭珠到武昌街的明星咖啡馆买面包。我忍不住跟年轻的女店员谈起曾经有一位诗人在这里摆书摊。她说：“周梦蝶啊，我们都知道他。”我兴奋地说：“我正要去跟他见面，特地来买他喜欢的面包。”她从身后的柜子里摸出一封信来，说：“这封信请你带给他。读者常常给他写信寄到我们这里来。”

原来不只是我，还有人也记得这里是周梦蝶的地方，甚至把明星咖啡馆作为联络处。

余光中的诗怎么说的？好像是“莲插在长筒靴中”。嗯，那时梦蝶兄常年穿一双长筒靴。

梦蝶兄的书摊是对爱好者敞开的，他背对书摊手不释卷地读诗读佛经。如果你看中什么书要买，拿到他面前，他连书皮都不瞄一眼，随意说一个便宜到吓你一跳的价钱。有人还要还价，他就斩钉截铁地说：“不卖了。”

我无意中发现这个奇怪的书摊上放满了现代诗。我选了吴望尧和纪弦的诗。他说的价钱令我叫起来：“这么便宜！”他抿紧嘴笑，并且和我谈起诗来。因为我说没看过吴望尧的诗，他便特别介绍了一番。后来，我经常绕到书摊，买一包前一天卖剩的面包和梦蝶兄边吃边聊。那时我们穷得很快乐。

写于 2009 年 7 月

书　缘

认识了周梦蝶以后，我把他的书摊视为一方宝地。上完课爱跑到那里去跟他聊天，听他谈诗说佛。我是做什么都联想到吃，聊天也不例外。每次我问他要吃什么，他都说：“面包就好。”最后那个“好”加重语气。我一向都买明星咖啡馆的隔夜面包，因为很便宜。偶而，我会到街对面的小吃摊儿去再买两个卤蛋，两人吃起来那份快乐，就像到口的都是山珍海味。

有一天我到时，他正在读一本书，读得津津有味。

一看书名是《红楼梦人物论》，我吵着要看，也不管他看完了没有。他对我的无理要求从来都接受，事事都依我。比如罗门好心送衬衫给他，他竟然发脾气扔到地上，还气呼呼地讲给我听。我听了就说他不对，还发表了一番不接受人家好意也是小气和自私的宏论。我以为他要和我吵架，他却有气没力地说："我去跟罗门道歉。"

《红楼梦人物论》带回家，我开了夜车，读得放不下手。这么精彩的书怎么没听人说过？书的作者松青又是何人？第二天我带着疑问去看梦蝶兄。他告诉我，这本书是一个叫王昆仑的作家抗战时所写。因为王昆仑的书属于禁书，所以出版时用了个假名。那本书他送给了我，出国时我带着。80年代碰到剧作家陈白尘，谈及此事。不久，他给我寄来新版的《红楼梦人物论》，而且有作者王昆仑的签名。

写于2009年7月

忆曹阳

友人传来《周梦蝶为曹阳强出头》一文，其中写到梦蝶兄推荐曹阳的三首诗给正在编辑《蓝星诗刊》的罗门。结果只发表了一首，梦蝶兄竟然向罗门兴师问罪，罗门当然生气，在座的《蓝星诗刊》主编余光中老师也不乐意，声称编辑有权决定登与不登，他人无权过问。梦蝶兄事后想想，也觉得自己确实不对，第二天一大早就去罗门家准备道歉，罗门却已忘怀。诗友之间常是这样，闹闹脾气，却不放在心上。

近年回台北，向诗友打听曹阳，总得不到确切消息，有人说他可能在南部，有人说他也许不在了。连梦蝶兄也不知他如今的下落。

曹阳为了谋生做过苦工，后来朋友集了钱让他卖冰淇淋，不久他的冰淇淋推车竟然撞上了汽车。最后他决定捡字纸为生。就在这一段时期，他和我常在梦蝶兄的书摊见面。他捡到一张全家福照片，很珍爱地随身携带，出示给我看时，我笑他傻气。他气得半天不跟我讲话。其实傻的是我，没能体会他那时想家的心情。

我摸不准曹阳的思维逻辑，但是两个人可以各说各话地讲上半天。有次他跟我说，这世界上只有四个真正的人，胡适、周梦蝶、郑愁予。他看我一眼说："你太小，算半个。"我问及另外半个，他笑而不答。这事我一直记得，因为他把我和他平起平坐。我很感动。

写于 2012 年 11 月

散文大家王鼎钧

王鼎钧先生自己说过，他和文学的关系是：文心无语誓愿通，文路无尽誓愿行，文境无上誓愿登，文运无常誓愿兴。这正是安身立命于文学的告白啊！

在某些场合常听到称某人为“大家”，某人为“大师”。我总觉得是夸张，是形容词贬值。想想看我们一个世纪能出几个大家、大师。但是谈文学，称王鼎钧先生为“散文大家”，我想那是极为恰当的，而他也绝对当之无愧。

王鼎钧先生的散文，是一座充满了奇花异卉的花园，走进去便不想出来，让人流连忘返。里面的一切，无论形象、色彩和声音都奇幻绚丽，令人着迷。

王先生写任何题材，都是上乘散文。王鼎钧把议论、哲思全都化入散文中。

《侨报周刊》（现已更名为《侨报周末》）曾大篇幅报导过王鼎钧先生关于四部回忆录的访谈。问与答都精彩无比。同时还刊出了一篇对王鼎钧的介绍，其中结尾一段，正是对王先生散文最好的评说。它是这么写的：

> 文学是他自救的良药，他的洞察力惊人，文字洗练，具有穿透力。他的创造力旺盛，忌讳重复，务求超越。他是讲故事的高手，信手拈来，却意蕴深幽。他更是布局谋篇方面的大家，构思巧妙，流畅之中富有张力。有人曾经这样评价他的作品：“诗心散文脸戏剧身段”。

写于 2014 年 4 月

王鼎钧的文学人生

上星期六（4 月 11 日）在纽约大学举办了一场“王鼎钧先生 90 人生文学回顾”座谈会。这场座谈会有两个重大的意义：王鼎钧是当今公认的文学大家；主办这次活动是此地的留学生。节目分为：镜头下的王鼎钧、作家眼中的王鼎钧和王鼎钧心中的王鼎钧。

台视“点灯”王鼎钧专辑，着重展示台湾文坛对王先生著作的高度评价。主办学生自制的幻灯片，则着重于对王先生生平的介绍。

作家座谈由我主持，应邀出席的有李义宁、施淑青、苏炜和亮轩。苏炜称王先生是“永恒的暖男”。他说：“鲁迅的散文是刀，可以对社会批判针砭。王鼎钧的文学则是软笔，给人生提供暖意。”从台北来的亮轩认为，王先生的四部回忆录是以个人遭遇“重新建构百年中国近代史史观，全球华人都能感同身受”。

王鼎钧认为自己是“中规中矩，文章里头没有豪言壮语，是勤能补拙的作家”。他形容文学为“任性的小姑娘”，说“她不嫁给我，也不许我另外恋爱，必须对她绝对效忠”。

带给大家惊喜的，是一群小朋友朗读王鼎钧的《有诗》，童稚清越的声音读出“不会没有诗。如果人不会写诗，鸟来写；鸟不写，风来写；风不写，蜗牛来写，昆虫来写”，令人热泪盈眶。文化就是这样传承啊！

写于 2015 年 4 月

初访沈从文

1979年夏天，我在北京见到了沈从文老伯，记得那天在座的有诗人杜运燮和老作家荒芜。沈老伯和伯母住在一座四合院中的一间房子里，房中陈设简陋，一床、一藤椅、一小板凳、一矮茶几和一张倚窗放置的旧书桌。我们都坐定后，沈老伯笑指着矮茶几说，它是他一位亲戚用擀面板改造成的。后来我才知道，那位亲戚即是著名雕刻家刘焕章。

那天天很热，沈老伯与伯母热情地招待我们，跟我们聊天，我整个人却像结了冰，从头顶冷到脚尖。从小我们在台北就从书本中读到过“北平”，也知道巴金、沈从文这些名字，甚至偷偷读过他们的作品，但当我真的置身于叫北京的“北平”，坐在沈从文真身旁边，倒有些不敢相信这竟是真实人生。在纵横的断层与分裂之间，我迷失太久，失路归来的人听着自己的脚步声都恍若前尘。沈老伯絮絮地谈着历代的扇子、杂技、布帛和服饰，我努力使自己听觉以外的感觉一律关闭，否则，仅仅因为他老人家绝口不提文学这事，就叫我的心一寸一寸碎裂。

告别的时候，我看见他们屋檐下的洗脸盆里有一条银色小鱼，摇尾扭身欢快地游着。沈老伯说：“本来买回来要吃的，看它那么可爱，舍不得了。”转身离去后，我不敢转身回头看望，因为眼泪已经流了满脸。

写于 2010 年 5 月

沈从文写字

“他就是不听话！”对着我抱怨的是沈夫人——张兆和女士。她口中所指的“他”便是沈从文老伯。对于她的抱怨，沈老伯微笑着听，全然没有一点儿抗议。那是1981年的夏天，在他们北京的寓所中。

“他总是不肯磨墨，蘸着墨盒里的墨汁就写。我要替他磨墨，他不要。他这个人就这样，又爱写，又不好好写。真气人！你看他桌子上堆了那么一大叠！”沈伯母一面诉说，沈老伯一面从那一大叠中挑出了两幅送给我。一幅是录的旧诗，一幅是他自己的诗。他果然不磨墨，蘸了墨汁就题款。这两幅字，他还事先用正楷抄写在小纸上，因为他担心我认不得他的章草。作家荒芜早就向我推崇过："沈老的章草当世第一！"两幅字我拿在手里，感动得几乎不知该说什么。

沈老伯是个做什么都很认真的人。他自己说，写小说和做古物研究，都是"一头钻在里面"。沈伯母说他兴趣太广。但是，他广而专。因为专注，小说精彩，研究出色。因为兴趣广，小说题材丰富，研究范围广阔。他写字也是如此，下笔不能自休，全身心地溶入笔墨之中。

巴金先生曾感慨地说："沈从文虽然被迫转行，他转行后的成就，比我们这些没转行的高出太多。"

写于 2010 年 5 月

不听话的沈从文

1981年夏天，前往北京沈从文老伯家拜望他们时，沈伯母——张兆和女士一再抱怨沈老伯不听话，说他爱写字却不肯磨墨，纸笔也不讲究，拿到秃笔便用秃笔写。沈伯母的抱怨充满关怀，沈老伯径自笑着听。

这之前他们去了一趟美国，处处受到热烈欢迎。那时的沈从文在国内鲜为人知，然而名声却远扬海外。美国人中以研究沈从文成为专家的，有金介甫（Jeffrey C.Kinkley）教授。喜欢他作品的华人，则是海角天涯处处有。香港导演李翰祥曾将他的《边城》拍成电影《翠翠》，由当时的红星林黛主演。

我提及国内中文系有一位学生专攻沈老伯的作品。他们俩都称赞这个学生，说他又用心又有看法。沈伯母说：“他收集的资料多极了，有些连他（指沈老伯）都忘记了。”谈到美国之行，他们都说十分愉快，非常怀念在那里碰到的一些朋友，像陈安娜、郑愁予等。沈老伯喜滋滋地说：“郑愁予和他的夫人把《翠翠》里面的插曲，一首一首地唱给我们听。”沈伯母接着说，好多朋友都已经写信来了，叫他给朋友写回信，他一封信写上几个月。我知道，沈老伯喜欢写长信，跟他说话一样，情意绵绵。沈伯母说：“叫他学巴金，接到信赶快简单明白回信，免得人家牵挂。他就是不肯听话！”

写于 2010 年 5 月

丢失了的《三地书》

这家小餐馆，小虎在他的美食博客里大力推荐。老公沛然特地安排在这里午餐。地点有点不好找，我一直不放心地张望着窗外。一辆黄色出租车在门口停下，果然是张拓芜大哥和陈淑美到了，我赶快迎出去。餐馆的女老板也赶紧帮忙打开门，她说：“老先生的长胡子很好看，像神仙。”

陈文发来后，我们的话题更热闹了。从《文讯》杂志为了维持生存的义卖，谈到拓芜捐出三毛的画作。

那幅画拓芜的朋友都知道，在他家墙上挂了二十多年，是三毛送他搬进新家的礼物。

三毛、刘侠和张拓芜自称他们之间的交情为“铁三角”。刘侠病痛缠身，长年卧床。拓芜中风后，半边身体不再灵便。三毛的作品里，就能看出，心灵的残伤。他们经常通信抒发内心的感慨，谈论人生与未来。刘侠有心，提议要出个《三地书》。在筹办的过程中，张拓芜把三毛、刘侠的信笺都放在一个大牛皮纸袋中。替他清扫的女工把它当作垃圾给丢掉了。拓芜说起此事遗憾无比。他叹气道：“里面还有羊令野的信和字啊！”我也忍不住啊啊地叫起来。羊令野是我们敬爱的大哥，诗好书法也好。

吃完饭，我们谈兴正高，就想找间咖啡馆再继续聊。文发和沛然出去，在附近查看情况。回来说，两家咖啡馆都坐满人了。无奈，我们只好约了改天再聚。

写于 2013 年 10 月

宣树铮的痛苦

认识宣树铮是一种幸福。

有人以小人之心度君子之腹，硬把我说的“幸福”归诸口腹之欲，亦即树铮兄的厨艺。其实我爱读他的散文，听他讲析诗词，绝不亚于爱吃他的红烧鱼。

不记得与他相识的过程，只记得感觉——倾盖如白头。其实，认识他应该是必然的事，他先担任纽约作协会长，现在又主持北大笔会，多年来在社区办了一场又一场文学活动，都是我感兴趣的。

有次办活动经费欠缺，他不懂得找大家商量，而是拿出几件家传的器皿要卖，结果被有识之士训诫制止，并且替他出了个主意，让写一手好书法的他，举办义卖。我也买了他一幅裱好的字，写的是黄庭坚的“春归何处？寂寞无行路”。

最近从他讲授宋词班的学员口中，传出“宣老师很痛苦”的说法。朋友们听了很关心。终于从学员那里得知原委。他在课堂上无限感慨地说，电子数据时代，只要手指按按，天南地北不但能马上说上话，而且还可以视频。通信是发达了，但是诗词里面表现的思乡之痛和离情相思之苦，以后的人都不懂了。“日暮乡关何处是，烟波江上使人愁”和“春色三分，二分尘土，一分流水。细看来，不是杨花，点点是离人泪。”这般美好的词句，再也写不出来了。原来树铮兄的痛苦，是舍不得将在时间中消失的痛苦。

写于 2015 年 10 月

木心妙解

木心看人事，有时像世故的老人，有时像睿智的哲人，还有时像顽皮的年轻人，带点儿意气用事。他谈《新（旧）约》时说道，“右脸被打，左脸也凑过去。其实是韬略，是战术。两个好人误会了，一方解释不了，或来不及解释，一方情急动手了，被打的不还手、不躲避，打的那个就会自省：他是好人啊，惭愧啊，误会他了，委屈他了。这种功夫，以柔克刚，是为使人愧悔，是感化的战术——优待战俘、大赦战犯，都出于这个原则”。

谈到垮掉的一代，批评“他们是不思、不行，赖在地上不动”，并且还说：“现在，在街上，还能看到垮掉一代的‘遗腹子’，背着包，到处旅行。他们在自由的环境中，滥用自由。要说他们是革命、探索，谈不上。想颠覆，想破坏，可贵的是反对中产阶级价值观。但是吸毒、乱交，是用恶来反对另外一种恶。我看是含不了多少恶意的愚蠢。到头来是吸毒，堕落，潦倒街头。”

谈到极短篇小说，木心认为，“相比世界各国极短篇小说，中国的笔记小说可称独步”。至于《金瓶梅》和《红楼梦》，他说：“我读《金瓶梅》比《红楼梦》仔细，《红》书明朗，《金》书幽暗，要放大瞳孔看……我的感慨是：《红楼梦》惜未由曹氏完成，《金瓶梅》作者没有艺术家的自觉。”

写于 2013 年 1 月

木心的《从前慢》

在“四五六”画廊，碰到一位北京来的年轻艺术家，聊得很开心。我们不是聊艺术，我们聊文学，从王鼎钧聊到了木心。木心在台湾红了二十年，才在大陆慢热。他的作品在台湾文坛马上被接受，引起轰动。在大陆文坛似乎反应不怎样，倒是读者热烈，尤其是年轻读者。年轻艺术家问这两位作家，可曾一起开过座谈会。听说没有，他挺遗憾的。他告诉我木心近来大红，接着说：“有点讽刺。因为他的诗谱成流行歌曲，被唱得火红。”

那首诗是《从前慢》。

我喜欢木心的散文，对他的诗不熟悉，但是这首《从前慢》，我倒是非常喜爱，短短的全文是：

记得早先少年时 / 大家诚诚恳恳 / 说一句是一句　清早上火车站 / 长街黑暗无行人 / 卖豆浆的小店冒着热气　从前的日色变得慢 / 车，马，邮件都慢 / 一生只够爱一个人　从前的锁也好看 / 钥匙精美有样 / 你锁了人家就懂了。

初读此诗，感到像宋词，文词浅白，感性十足，带一份淡淡忧愁，难怪会被谱成歌曲。这首诗的好，好在耐读，容易被接受，而余味无穷，感受深又多层次。结尾“你锁了人家就懂了”，境界很高。有人当情诗，有人认定是怀旧，正是多歧义才好啊。我却觉得诗里还透出从前是生活，有滋有味地活；现在则是过日子，匆匆忙忙地赶时间。

写于 2015 年 4 月

纪录片《木心》

今晚亚洲学会（Asian Society）放映纪录片《木心》，我当然要看。木心去世三年多了，非常想再见到他，听到他的声音，心里却又忐忑不安。木心一向爱美，这部拍摄于他逝世前一年的影片中，他留下的会是怎样的风貌呢？木心就是木心，容颜端好，语含机锋，始终保持十足的绅士风度。

这部纪录片介绍了许多他的画作，给我很独特的感受，像诗。木心访谈部分，配合画外音和陈丹青的补充。木心本人语言则简约生动。问及他的创作是否从经历苦难中得来，他回答说自己没有这种乡愁，强调他活着他就创作。或许正是因为如此，他有一句名言：白天是奴隶，夜里是王子。即使关在监牢，夜晚仍是他独自拥有的王国，他用能找到的一切纸张写作，然后折成小块塞进棉裤。

陈丹青认为 Francisco Bello 和 Tim Sternberg 从纽约去乌镇拍摄《木心》很不寻常。木心不是著名人物，纽约不认识他，他们两位却看中他。这部片子拍完，尚未剪辑完好，木心已离开人间。他过世后，作品在大陆竟是越来越受欢迎，虽然比他在台湾造成的轰动晚了二十年。

回家的路上，我想到陈丹青说木心留下的手稿很多，脚步轻快起来，而且觉得天上一弯新月，特别美丽。

写于 2015 年 4 月

霍刚的旧照片

霍刚约了辛郁大哥的夫人张孝惠和我在他的工作室见面，说有好东西给我们看。一进他的工作室，墙上挂的字画，立即吸引了我。他自己的几幅字画，有的是旧作，让我感到亲切。黄永玉为他画的像极传神。我还看到了夏阳的那幅打油诗，那是原来他住纽约苏荷（So Ho）时写的，我们那时是邻居，我当然眼熟。异地相逢，我备感亲切，忍不住径自笑了。夏阳写的是：

窗外雨打无芭蕉，小鸟欲唱缺枝梢。饭罢闲坐全无事，忽放一屁惊卧猫。

我正兴趣盎然地看着，霍刚叫我：“有好东西给你看！”几张旧照片摊在桌子上，首先入眼的是王泉生和十来个男生的合照。我依稀认得出霍刚、秦松、欧阳文苑。霍刚得意地把照片翻过来，反面他记下了当时玩乐情景。

另一张有些模糊，仍可看出是他、王泉生、秦松、萧明贤和我。他在反面记录下的是：

一九六三年，本人学小胖子王泉生走路的摇摆姿态，口中一面说：“我刚从飞机场回来……”那种扭劲儿，谁见了也要笑。此时诗人王渝早已笑得合不拢嘴了。没想到此影竟摄得如此巧。

其他几张背面写的是：

民国52年（1963），一些爱好诗与画的朋友在台北欧阳文苑园中合影（适时大家都已通宵未眠了）。

那时我们一些写现代诗与画现代画的交往密切。后来也发生越界之事，秦松写诗，而楚戈画画。

写于 2015 年 10 月

霍刚珍藏的声音

霍刚酷爱音乐，收藏的唱片超过8000张。从古典到民谣，从西方到东方，从阳春白雪到下里巴人。有些他还保有作曲家、演奏家和歌唱家的签名。这些当然都是他珍藏的声音。然而，更触动我的则是他的另类珍藏。

他和我同为南京人。他特地为我放一段录音，最先是他自己用南京话宣布家庭表演开始，接着是他弟弟用南京话学街上小贩的叫卖，然后是几组对口相声，都是以日常生活为题材。哦，还有他拉胡琴，他弟弟唱戏。我这个南京人听得眼泪都要掉下来了。

为了转换情绪，他跟孝惠和我说，他让我们听一段他一人分饰二角，表演李莲英为慈禧太后梳头的对话。实在妙不可言，用声音活现场景。孝惠咯咯笑个不停，我边笑边指出，他学的是电影《深宫怨》中的一段。那段戏太精彩了，至今我仍记得。唐若青饰西太后，洪波演李莲英，绝配。表面西太后尊贵，事实上却被她口中的奴才耍得昏沉沉。

年纪比我小了约10岁的孝惠，无缘得见《深宫怨》。霍刚便专门为她放一段几十年前李丽华到米兰游玩，他们接待她的欢乐交谈。当地华侨什么人都有，有人说广东话，李丽华便答以广东话，上海话她也一样应对。想不到的是，她连扬州话也能地地道道来上一串。李丽华这一手露得太漂亮，这可是我们在她影片中也看不到的才艺啊。

写于2015年1月

霍刚的珍藏

看了旧照片，听了霍刚的唱片和录音，他意犹未尽地说，还有个特别珍贵的宝物，还没给别人看过，今天要让孝惠和我看看。他从书架取下一本大书抱到桌子上，书名是《古画留真》。书面分别印了“中华书局承印”和“中国上海来远公司出品”。内页英文说明，此书属私人出版，由来远公司所印，仅印了100册，此书编号为46。还印了来远公司在纽约的地址。日期是民国5年六月，距今整整100年。

书中收集了60幅古画，印制精美。并且有英文的序、中文的跋，说明印此画册的目的，再把唐宋以来绘画之精华，介绍给热爱中国画艺的外国人士。出版者为管复初。文中提到特请专家褚里堂编辑解说并注明画的出处。

我翻阅时想到了去世的好友楚戈。如果他在，一定能好好鉴别，跟我们详细讲解。霍刚怎么没早早想到拿去让他鉴赏呢？

霍刚又找出一长幅秦松父亲秦伯伯的书法，然后一脚跨上一张椅子，站在上面举着让我们看。孝惠直叫霍刚不像82岁的人，问他有什么秘方驻颜健身。

一直单身的霍刚，80岁突然宣布结婚。他说以前缘分未到，现在水到渠成，一切都是顺乎自然。他正说因缘也是姻缘，年轻的嫂夫人就来到了。她长身玉立，秀美极了，是个标准的气质美女。我们一见如故。我想，她才是霍刚最珍贵的保藏。

写于2015年11月

霍刚的洁癖

《现代汉语词典》上“洁癖”的解说是“过分讲究清洁的癖好”。既然是癖好，难怪有洁癖的人乐清洁不疲了。陈太太正是这样的一位。她的皮包里永远有湿纸巾，如果餐馆或者咖啡馆的桌子上没铺桌布，她就立刻拿出湿纸巾横擦竖擦。有时大概擦得服务人员发毛，告诉她桌子都是洁净的，她点头认可，手却不停。好在她只在餐馆之类场合发挥，我们都不放在心上。

霍刚的洁癖就不同了。有次我们去米兰玩，那时他住在那里，当然会去他家造访。等我们一伙人从他家出来，却不见他人影。我们在门外足足等了一刻多钟他才现身。无他，我们走后他得收拾。好像我们个个都是花生米漫画中那个小脏娃，脏到所经之地都起灰尘。我们又好气又好笑。当时有人便断言他要打一辈子光棍。

他也曾来我们日内瓦的家小住，弄得我天天都很吃惊。也不知他用了什么魔法，让我们家一尘不染起来。那时当地华侨正在筹办大派对，他不但帮忙装饰，还帮忙打扫、清洁，成了最受欢迎的客人。

这次台北相见，他的工作室清洁整齐井然有序，不像能工作的地方。几千张唱片，要哪张，他立刻信手取来。真叫人傻了眼。不过这次外出吃饭，他可是和大家一起动身，没再留下做一番整理。这肯定是爱情的力量，结了婚的他到底有所改变。

写于2015年10月

刘跃的画

初识刘跃是两年前的秋天。那个晚上，“四五六”画廊举办诗歌朗诵会。一幅很大的画布，置于朗诵者的身后。朗诵开始，一位画家也在那块画布上开始创作，把颜料上下左右地往画布上刷。线条色彩的流动非常吸引我，偶尔入耳的诗句，好像也逐渐融入正在完成的画里。诗人朗诵完，画家也收笔。秋天的氛围弥漫整个空间。我找出手机正要拍下那幅画，画家却举起刷子，七横八竖地把整幅画都涂抹掉了。

刘跃，四川人。从四川而北京而法国而纽约地出现在我们面前。

他那晚的画法让我想起曼陀罗沙坛画，也是在完成时立即抹去，借瞬间消失的美来揭示世事无常人生如幻。

刘跃精于厨艺。不过每次吃喝之前，我都先享受精神盛宴，仔细浏览他大厅挂的画作。更好的是我终于有了机会拍照，任何时候都能悠然欣赏。对于他那些我不懂的抽象画竟然这么偏爱，自己都觉得奇怪。我跟他提到这点疑惑时，他认为对于绘画的感受，实际上并不是懂与不懂的关系。他强调，只要有相互对应的感觉，就是懂了。他说精神上的互动无法用“懂”来衡量。于是我就写下了这首诗：“熟悉的身影 / 草书那样流动 / 招呼那些徘徊边缘的思维 / 扶持尚未醒来的感受 / 意识依旧模糊不清 / 带一点企望 / 轻快地滑向美的深处。”

写于 2016 年 2 月

林孝信与《科学月刊》

1968年，沛然转学到芝加哥大学，到了那里，我们很快就和林孝信相识相知成了好朋友。于是顺理成章我们都参与了《科学月刊》的筹备工作。我只记得我们常常开会，永远有讨论不完的问题，当然也有吵不完的架。在这样的情况下，我们并没有忘记工作，通过油印的工作通报，建立了联络网，美国各地的朋友越来越多地参与讨论，并就各自的专门知识撰写了文稿，准备在未来的月刊上发表。

创办《科学月刊》的宗旨，是由于非常不满台湾教育注重背诵、以应付考试为主的做法。所以在推广科普教育的同时，更希望能培养独立思考判断的能力。

1970 年 1 月《科学月刊》在台北创刊。但是在这之前，1969 年 9 月我们先出了第 0 期。那是实验版，向我们未来的读者展示，我们将要创办的是怎样一份刊物。这个做法恐怕是个创举。虽然工作发生争执时，我们都常气得骂林孝信花岗石脑袋，但是许多做法都还是他先想到的，譬如出第 0 期。

认识林孝信的人，大约都领教过他的一项特殊能力，那就是找工作给你做。像我这般不科学的人，他派给我一份头衔美妙的工作——修辞编辑。而事实上他是用我作为测试。凡是王渝看得懂的就是符合科普标准的文稿。

写于 2015 年 12 月

深深怀念林孝信

孝信去世，我极为伤心。他热爱生活，爱这个世界，爱这个世界上的人和事，他到最后，仍然继续关怀各种事情。天不假年。我知道他舍不得离开。

学妹卓以定是位著名的心理医生。她从大学时代，就跟林孝信成了很好的朋友。她觉得孝信受佛教影响，总是想到要为别人服务，为社会尽一份心力。那时为了社团的事，孝信常会去她家，他的父亲欣赏孝信的行事和谈吐，很喜欢他。若有著名学人从海外回来，她父亲都想带了孝信去见见。后来甚至想替孝信介绍女友。她父亲卓夙来教授，为人热忱，对年轻人一向特别爱护。

创办《科学月刊》的时候，孝信当然找了她写稿捐款。她认为孝信对人对事从不设限，总是态度超然。所以各式各样的人，都能跟他交朋友，能够一起合作。我们两个人在电话上谈了很久，因为失去一个共同好友，心没得着落，借着聊天，谈谈关于他的往事，我们其实安慰了自己。她几次惋惜地提到，学习优秀的孝信竟然没有完成学位。

孝信一生像个苦行僧，我们一起办《科学月刊》《儿童月刊》，然后一起参加“保钓运动”，一起上黑名单。他和我都曾经因为护照被没收，成为无国籍的人。我那时去美国以外的地方，用一本白皮书代替护照，上面写明“此人无国籍”。每当看到这几个字，我的心情就会很坏。

写于2015年1月

雪天忆孝信

下雪天最快乐的事，是跟好朋友聊天。就在大雪纷飞的一刻，谭嘉来了电话。我们谈论共同喜爱的女作家王安忆。谈着谈着，我们的话题转到了林孝信。这几乎不可避免，最近我们这些他的老朋友聊天，不由自主就会谈到他。

她谈及林孝信，有次在他们爱荷华的家住了几天。整天不是他找人就是人找他，忙个没完没了。披着稀疏长发的他，瘦得叫人心疼。谭嘉一心想的是好好做些好菜给他吃。可是孝信不但不在乎吃，也不在乎穿。她又发现他的衣服破了，于是替他补了。她说得连声叹气。结论：他是一个真正的人。

创办《儿童月刊》时，孝信和我一起到爱荷华大学，向那里台湾来的留学生介绍我们的构想，希望他们共襄盛举。此行颇有收获，回来收到不少来信，有表示愿意参与工作的，也有捐款的。都是穷学生，捐款不外五元、十元。有一张二十元的支票，被我们视为巨款。附上的信却说，支票不是捐给《儿童月刊》的，是指定给林孝信买双鞋子的。那天，林孝信穿的鞋子，破到底都快掉下来了。写信的人，是正在那里做住校作家的林怀民。

从那以后，我们三个人时或一起。有天去看表演，出了剧场，外面一片雪白。我看得惊喜，孝信却发现丢了汽车钥匙。我想都不想地说去雪地摸，他们俩竟然就跟着我一起去雪地摸索。写到这里，我突然感到键盘通过指尖，传来雪的冰冷。

写于 2016 年 1 月

怀念鼎山大哥

今天（12 月 20 日）我们文友欢聚，庆祝圣诞节和新年。备有可口的食物、美酒、饮料和水果。大家齐聚一堂，神情都带了几分悲伤。心里都想着昨天离我们而去的鼎山大哥。

我请大家照常吃喝。我说要为大家朗读鼎山大哥的《格洛丽亚回忆录出版》，那是今天《侨报周末》刊出的他最后一篇专栏文。我觉得这样，我们会感到鼎山大哥与我们同在。

我开始朗读，诸人也开始回忆鼎山大哥的种种。女作家丛苏对他坚持写到生命最后时刻，表示佩服。自从嫂夫人去世后，鼎山大哥跟我聊天时，常流露出厌世的情绪。唯有提到他在写的专栏，眼睛突然会闪闪生光。《侨报周末》温暖了他最后的岁月。

张耳怀念他的亲切，初次见面，鼎山大哥便送了她一本著作。她感动，用心读完，写了篇文章，寄给国内的《读书》，被退了稿。她说："现在想起来真后悔，当时应该把文章寄给董先生。发表不是我的目的。我写，因为我感激。"

近三年来，我们"海外华文作家笔会"的三位元老——唐德刚、夏志清和董鼎山相继离世。我们这般聚在一起坐谈文学，朗读作品，已有几十年的历史。聚会时，我常常以为他们仍在座。或许别人也这样想，散会前不约而同地合唱起："当啊我们同在一起，其快乐无比……"

写于 2015 年 12 月

李黎的书法

我们老远来到这里，要去薛人望、李黎夫妇家，沛然却因感冒严重去不成了，真太遗憾了。

我跟我儿子在他们家进门处换了拖鞋，薛人望、李黎对着儿子煞有介事地说：“小雷，你不容易啊！你爸妈那种方式把你带大，你身心居然没受到挫伤。他们会把你忘记在人家家里，自己开车就走了。你打电话通知你妈妈家里录音机不见了，你妈听不懂，跟你说没关系……”他们夫妻自得其乐地唱着双簧。

我径自走进他们的客厅，一看傻眼，墙上挂满了一幅幅的字。像李黎的字，又不尽然，比她写得好太多了。正在观赏的倪慧如、邹宁远，口里啧啧称赞，这幅赞完赞那幅。竟然真是李黎的手笔。她近年拜了个好老师，正在筹办师徒书法展览。怪不得她在对我叫道："裱好的不能拿走！"要不是看在要办展览的分上，她这话我是不理会的。

以前李黎的字就好。不过那"好"是对比我们而言的。那会儿，说起她的字我也称赞，那不过是好朋友尽拣好话说。现在不同了，打心底认为真的好。字都活了，个个有风采。而且她还能写不同的字体。写"大江东去"豪放，写"山不在高，有仙则灵"潇洒。抄《心经》配上手绘的观音，不知她用了什么计算方法，清秀的楷体四面对称，围绕着画像把整幅字面正好写满。灵气逼人，不得不衷心赞美。

赞美，换来了一顿北京烤鸭。

写于 2016 年 1 月

因为金炳兴

《美与狂》的副标题是"邱刚健的戏剧·诗·电影"。这是研究邱刚健作品和评论的第一本专集。邱刚健以电影编剧著称，其实他的创作范围不局限于此，还写小说和诗。这本专集中，金炳兴写的便是诗人邱刚健。

金炳兴在台湾读大学时，我们时常往来，那时我们都写诗。邱刚健早年也写诗，晚年又回到写诗上。我觉得好些朋友的关系，都是由于这根"诗线"的穿引。

离开台湾后，和金炳兴失去联络，时或会想到他，这次读到他写邱刚健，不由自主地想起一件往事。

那是平常的一天，但是金炳兴把它变成特别的日子。那天他带了位同学来我们家。我们那时那个圈子带个陌生人出现，是常有的事，而我们的圈子也正是这样逐渐扩大的。然而，这天他带来的陌生人，却是我童年的熟人——刘兆山。

抗战胜利回到南京，我们住在新街口附近，刘家住在隔壁，真正只隔一片墙。刘家的大女儿刘兆兰和我是亲密玩伴。她的弟弟刘兆山比我们小两岁，那种年龄小两岁就像小了一大把。我们玩的他没份儿，但是我们让他跟在一边，因为他很乖。再见面情形变了，我们成了能谈天怀旧的朋友。他告诉我，他到香港后，失去母亲和姐姐。这样的诉说，让我第一次感受到人生如梦，真切感觉到时代变动和自身的关系。

写于2015年1月

怀念诗人纪弦

我最先知道纪弦，不是通过阅读他的诗，而是一场反美事件。1957年，驻台美军上士雷诺枪杀了刘自然，他们的军事法庭却判为无罪，引起激烈的反美情绪。5月24日，群众蜂拥到美国大使馆抗议。后来我听成功中学的男生谈起，他们有位老师带领同学前往抗议，这位老师就是著名的诗人纪弦。我听得非常羡慕。

大学我开始写诗，结交辛郁、楚戈、张拓芜等好友，自然而然地也就亲近了纪弦。1953年，纪弦创办《现代诗》季刊，作风开放，容纳各种风格形式的诗作，最特别的是刊登了大批军中来稿。在他的影响下，出现许多杰出的军中诗人，如痖弦、洛夫、张默、商禽、辛郁等。

我们这一伙中，纪弦最年长，我最小，所以大家叫他“老朋友”，我则是“小小朋友”。我们一老一小时常争吵，吵些什么一点儿也不记得了。不吵架的时候，我们很要好。他会跟我讲波特奈尔，介绍大陆诗人，其中一个极陌生的名字我一直记住，那就是鸥外鸥。

来到美国后，我们很少见面。一次在文学聚会上，他演讲硬把我拉上台，站在他身边。一次我和表妹毛毛去探望他们，两位老人很开心，准备了许多零食。告别的时候，他们还塞给我几包糖果。看来我还是他们台北印象中的我。

写于 2013 年 7 月

陈朋老师

因为我们是台湾最后春季班，毕业时没学校招生了，是此之故我们在台北一女中读了三年半。陈朋老师是我们的导师，也教我们国文。第一天走上讲台，在黑板上写下他的名字，他说："'朋'是朋友，'陈'呢，就是'老'的意思。我是你们的'老'朋友。"拉近了我们和他的距离。我们称呼他为"陈朋老师"，别的老师，我们都只称呼姓氏，如张老师。

陈朋老师的国文课令我着迷，专心听，用心记笔记。

不过我的笔记不是记在本子上，而是写在书页上。有次，陈朋老师拿起我的书，看了半天说：“你很用功。”我以为他要骂我，没想到竟然得到了称赞，我就更加喜欢陈朋老师了。连他穿松松垮垮旧衣服的风格，我也有样学样。妈妈直对我唠叨，说我不像女孩子。

我还跟陈朋老师学到许多东西。郊游时我们席地而坐，吃野餐。泉生独个站着，她衣服讲究，裙子的折都整整齐齐。陈朋老师说：“我们应该是人穿衣服，不是衣服穿人。”班上大家捐的要给北投育幼院的钱不翼而飞，有人提议搜书包、查衣服口袋。陈朋老师说，不可这样做，他建议拿了钱的同学悄悄把钱还回来。他说，大家都不需要知道是谁。那阵子，应寄琴和我正在玩福尔摩斯和华生的游戏，碰上如此大案正兴奋，却不让我们发挥。慢慢地，我才从其中学到爱人、尊重人。

写于 2013 年 8 月

陈朋老师像妈妈

陈朋老师说我们都是淘气包。确实，我们班上调皮捣蛋的相当多。虽然这么说我们，他似乎非常包容。杨伴丽说，他有时像我们的妈妈，很注意我们生活中的琐碎事情。

球赛打输了，有人哭哭啼啼。陈朋老师告诉我们，比赛的目的不在赢，而是训练我们学会尽心尽力地发挥能力。那时，学校记录我们升旗集合的速度，我们都早早站在集合地点等候钟响。陈朋老师叫我们不要那样做。他叫我们在哪里，就从哪里用最快速度去到集合处，他说那才是训练的目的。我们球赛很少赢，我们升旗集合从未受到褒奖。但是，我们很坦然，我们照陈朋老师说的做。

学校实行禁书，许多课外书不准看。陈朋老师不赞成这个制度，但是他说我们必须遵从学校规定。我从陈朋老师“人穿衣服”的理论发挥，跟伴丽、泉生阐述“我们读书，不是书读我们”的道理。于是，校外我们找到什么爱看的书，就理直气壮地看，泉生着迷地读张恨水的小说，我特别迷王度卢的武侠。

中午每天要写一篇毛笔字。陈朋老师会来检查，走到我桌子旁边，他问我为什么没有字帖。我回答，已经记得，立刻背诵柳公权字帖：“唐故左街僧……”老师竟然不听，大步走开了。后来同学问我说了什么，逗得老师在走廊上一路笑。

写于 2013 年 8 月

表妹张洁

我的表妹张洁，是此地华人社会著名人士，不是国内那位著名女作家。

史岱文森（Stuyvesant）高中是纽约市的顶尖公立学校，注重教育的家庭都希望把子女送进去。我们华人闲聊时，子女进名校是热门话题。有人谈得眉飞色舞，有人听得坐立不安。老张说第一次去该校开家长会，几乎以为回了国。这里的华裔学生，竟然占七成之多。最近因为学生用手机考试作弊，现任校长突然宣布退休。出任代理校长的是华裔教育家张洁，是该校108年来首任亚裔校长。消息轰动，《纽约时报》大篇幅报道。

张洁20世纪80年代中期来美攻读数学，毕业后从事教学。在这里一所中学教数学，很快就教出了名气。那时我去她家，常见到学生登门请教。华裔好师资不乏其人，难得的是张洁还具备行政能力，更难得的是她既能干又亲和。这些条件，使得她成了高中校长，接着更进入教育局做顾问，为三十所高中提供教学和管理方面的咨询，包括史岱文森高中在内。

我一面读报上关于张洁的报道，一面想起20世纪70年代底，在上海初见她和毛毛两位表妹的趣事。当时她们俩都已经上中学，我问起她们男朋友的事。她们一听脸色大变，一起叫道："你怎么讲这样的话！"好像我这个美国回来的表姐在耍流氓。

写于2012年8月

陪刘心武逛书店

20世纪70年代中期，我开始在纽约的《美洲华侨日报》担任副刊主编。这份工作，使我得风气之先，与国内作家取得联络。80年代来访的国内作家年年增多，我们副刊组多了份接待任务。我们主要的目的是做访问和邀稿，但是也必然要安排宴请和观光。

接待刘心武那次最令人难忘。首先，安排他在哥伦比亚大学的演讲很轰动，全场座无虚席，他又讲得精彩。我做了记录，除了在我们报纸发表，也在台湾陈映真编的刊物刊出。

有天，我陪他到法拉盛逛中文书店，到我最常去的“中国风”。我和店主小高很熟，进了店我就说：“小高，这位是刘心武。”话才说完，书架前看书的一位中年妇女疾步走了过来，对着刘心武问：“你就是刘心武啊！”说着泪如雨下，哽咽着接着道，“我有许多话想要同你说……”这时我注意到她手里拿的那本书，正是刘心武的作品。原来我们进来时，她正在书架前读刘心武的著作。刘心武一面安慰她，一面体贴地跟她走到书架后面的角落。

那次我目睹了作家的魅力。作家透过作品，比身边认识的人更能打通读者的心。这位妇女正在读刘心武的书，也许心里在跟他对话，突然真人出现在眼前，就再也把持不住了。这一刹那的印象，非常感人，非常难忘。

写于2012年8月

鸥外鸥专辑

香港的《百家文学》杂志今年4月出了《鸥外鸥专辑》。成长在台湾的我，很早就听过他的名字，是件很稀罕的事。我是从“老朋友”纪弦那里得知有这么一位诗人。纪弦说：“我们的诗有些像。他也抽烟斗呢！”这就是我对鸥外鸥最早的一点儿印象，虽然模糊，却长久维持，因为心存一份好奇。

有人曾称他为“文学上的失踪者”。这个专辑证明，读者没有忘记他，把他找了回来。专辑中提到，他的许多作品得以保留，是因为当年用来作为批斗他的资料。读到这段记录，我听到历史老人的嘲笑声。

专辑中对鸥外鸥的诗创作，有颇为全面的介绍，作者显然下了功夫收集、整理、分析。也斯和郑政恒都提到他曾写儿童诗，我希望能多读到一些他的这类作品。我从他某些诗作中，能感受到他闪现的童心。例如《猫》中，他这样描写他的猫：“踞伏在案头 / 山一样的入睡 / 窗外的阳光 / 正好斜射在它的背上。”

郑政恒很用心地整理出诗人1987年在香港的演讲，让读者更接近他，感受他的风采。

钟玲的诗评精巧玲珑，触及诗人的敏感诗情，指出那么久以前，他已经看透了香港这座城市的本质。

最令我感怀不已的，则是他女儿李林子所写的《父亲》。最后那一声“父亲，我痛失你！”久久回旋在我的心头。

写于2012年8月

“稀饭”来了再说

我想把我那个属于恐龙时代的手机换个新的。沛然叫我少安毋躁，等我的小孙女来了，让她带我去挑选。他弟弟建川大惑不解地问：“买手机跟‘稀饭’有什么关系？”

沛然的原话是“等‘其凡’来了再说”。其凡是我堂姐的小孙女。定英姐和我小时候同睡、同吃、同出、同进，她的小孙女，当然就是我的小孙女。这个小宝贝去年来度寒假，赢得了我们亲友一致的欢心。她本来就长得秀丽乖巧，又沉稳宁静，不显山不露水地把我们老一辈的共同盲点，一一点活。经她一调理，电脑、手机、iPad，全都跟我们合作无间了。令人叹息的是，她回学校后，我们个个原地踏步，甚至连原地也维持不了，多半是不进反退。虽然使用本领缺乏，我们之中却不乏向往日新月异的人士，所以有的手机下载了Line，有的iPad里面增添了WeChat，于是理所当然地，现在我们每个人都又添了新的麻烦。听说她要来，都伸长了脖子盼望着。已经有人下预定，要请她去家里住。我正在考虑收费价格呢，并且摆出一副奇货可居的架势。

今天，其凡来了电子信，期终考试完毕，12月21日来到这里。哎呀，还得等三个星期。我心急要她带我去挑新手机。建川的新智能型手机可以用说话代替打字，不知怎么突然不灵光了，也等她来解决问题呢。

写于2014年12月

追求现场感

北大笔会今天邀请五月女士，谈她近年来的壮举——辞去教职专心从事“深入旅行写作”。她的双脚所到之地，有泰国、缅甸、老挝、越南和印度。在观光胜地云集的游客中，见不到她的身影。她的目的不在旅游，而在零距离地去接触当地的生活、孕育的文化、深层的历史回响。她强调在场感觉对于真正认识一个地方的重要性。

她为了看看流落异地的同胞，到了美思乐。那里位于泰国北部山区，许多国民党93师后人留居该地。他们完好地保留华人的习俗与传统，学中文讲中国话。她在当地图书馆，还发现王鼎钧先生的著作，立即发了封电子信告诉他。王先生回信说，要把手边的自己作品赠送给那个图书馆。那里曾经是金三角的一部分，以种植鸦片贩毒著称，至今贩毒仍猖獗，巴士常会碰到拦截搜查，也常见到人赃两获的事。

2011年除夕在老挝的公路上，她搭乘的巴士突然停下来。路边住家的门打开，抬出上供的桌子，放鞭炮，互相祝贺新年，发出“喵喵”之声。原来是以“喵喵”的猫声迎接“猫年”。当地十二生肖中没有兔子，以猫代之。

王鼎钧先生在作评语时说，写作有两种方式：外求和内求。写不出东西时，有人外出散步，有人闭门冥思。他认为五月的写作，圆满地运用了两种方式。

写于2014年12月

与他有约

“他”是牙医。要见他的日子，我的心空茫茫的，像一张引不起任何灵感的稿纸。我把一切感知推到很远，希望自己回到尚未诞生以前的混沌睡眠状态，当我醒来时病牙已经整治好了，可以痛快地吃肉、嗑瓜子儿、嚼口香糖。这种飘零的思絮，也是我后来从潜意识中挖掘出来的。

总之，要去看牙医的那一天，在见过他之前，一切都是颠三倒四的。

记得那年儿子刚回学校上暑期班，一大早来电话说，忘记带隐形眼镜了。他告诉我在浴室的一个蓝色塑料盒子里面，让我赶紧寄给他。我到邮局买了一个寄东西的盒子，按照儿子嘱咐，为了妥当起见，还另外加了保险，这才将包裹寄了出去。中午在办公室，我准备吃三明治，打开午餐袋子一看，赫然，竟是儿子的隐形眼镜。我立即给儿子打电话，留话说："收到三明治扔掉，别吃！"

那一刻终于到了，我豁出去地往牙医的椅子躺下去。"呵呵呵"，我的罗马尼亚牙医发出一串压制不住的笑声。我不明所以，几乎以为：莫非牙病霍然而愈？牙医笑得一身肥肉颤动不已，说不出话来，用手指着我的脚，已经改"呵呵呵"为喷发式的"哈哈哈"了。

我脚上穿着的两只鞋子，一只黑色，一只咖啡色；一只平底，一只半高跟。

写于 2010 年 5 月

想起痖弦

诗人济慈初见王尔德，听了一番他咳金唾玉的妙语后，觉得他说出来的话都“好像是前一晚用心写好，却又句句自然”。老朋友中，痖弦也有这种即兴出口妙趣横生的本领。我们那时把他称作“小提琴”。他这看似天生才能的背后，是渊博学识和用心思考。

有人问到他退休的情况，他说“没有满天晚霞，太阳会愤怒地掉下去”。谈到文学创造，他称“规矩的形成有它的尊严”。形容三位形貌气质相近的少女，他诗意地表述“她们是一辑三首”。

那时我们都偷偷读禁书，我拿到一本往往就开夜车，周梦蝶对我阅读的速度惊愕，却也有那么一点儿佩服。但是，天知道，我只读到了感觉，哪里记得下几个句子。痖弦则不然，他如果认为哪本书值得学而时习之，他就动手抄。因为那些书读完就跟你拜拜了，以后再难见到。

所以，这也就难怪他的《深渊》一出，便轰动诗坛。但是轰动过文坛的很多，很快被忘记的也不少。《深渊》不一样，至今爱诗的人依然对它津津乐道，它继续打动年青一辈诗读者的心。写到这里想起来，等下要打电话给痖弦，要他录音朗诵做专辑，那可是千真万确的表现到位，好极了。

写于2010年2月

怀念李子云

收到李子云去世消息的时候，我正在西班牙滨海的一个度假小镇，蓝天碧海，处处充满阳光的欢愉和欢愉的阳光。我对着电脑上的讯息，怎么也看不明白。慢慢地，讯息浸入意识，世界全变了，一片昏茫。

有人说：一个人即使身体死亡了，有人怀念，就仍然活着，活在别人的记忆里。现在我愿意相信这种说法。

与子云相交有三十年。最初见面，是在巴金先生的家里，巴老介绍时，说她是女性文学的评论家。她给我的印象是冷峻。谈到施淑青的作品，我们才有了沟通的桥梁。冷峻假象下的她，原来是那么天真、温馨而又慧黠，几乎充满喜感。

我们相交从文学开始，但是后来外在的因素逐渐褪尽，保留下来就是两个人天性相近的融洽，真正的亲密无间，许多不足与外人道的事，如对某一部作品或某一个人的看法，她都会用轻声细语、犀利而又不失幽默的方式，絮絮道来。这类话语与她笔下的文字相比，不但生动而且深刻。我每劝她应该这样写下来，天性纯厚的她怎么也做不到。说出来到位的描绘，转化成文字因为处处为人着想，工整是工整了，却失去一份个性。我曾发誓下次到上海，要带上录音机，住上三个月，记下她原汁原味的评说。子云，你怎么不给我这个机会呢？

写于 2009 年 6 月

我们的流动酒会

20世纪60年代，台北出现了咖啡馆游牧民族，据说我们那些常在一起写诗的伙伴，都属于这一族。其实那时台北的咖啡馆并不多，而阮囊羞涩的我们也负担不起。我们偶而去的是“田园”，我们经常逗留的是“明星”门外。“田园”播放的古典音乐，吸引我们。“明星”外面梦蝶兄的书摊，是我们的聚会点。

民生西路那家有名的“波丽露”我去过一次，还是吴望尧带我去的。那次不仅喝了咖啡，还吃了法国餐。

我们一边吃，他一边向我介绍这里历来是本省艺文人士、绅士名流的聚会所，甚至启动过文艺活动。

我跟楚戈谈起“波丽露”时，他嘴巴歪歪地说：“装模作样的地方。”也许是酸葡萄心理吧。

三四年前，《楚戈绘画回顾大展》上，一夫发言说：“我们那时经常在一起花天酒地”，他的眼光正好扫到我，“王渝也是和我们一起的。”我听了吓一跳，我想我们哪有钱啊，哪有这回事啊，只听他接着说：“我们没钱进饭馆，通常是花五块钱买一瓶乌梅酒，轮流你一口我一口地喝，从这条街喝到那条街。”

那时，一夫、楚戈、沉冬、痖弦、罗英、愁予、商禽、辛郁、许世旭、张拓芜等，我们正是这样喝酒的，而且美其名曰“我们的流动酒会”。

写于 2009 年 9 月

她的抗争生涯

1955年12月1日傍晚6点左右，罗莎·帕克斯惯常地坐在回家的巴士上。当时南方实施种族隔离政策，巴士上白种人坐前面，有色人种坐后面。亚拉巴马州的蒙哥马利市也不例外。后来上车的人多了，司机叫罗莎给一位白人让位。她拒绝了。她为此而被捕，罪名是违反种族隔离法。付完罚款，她没有罢休，而是决定上诉，引发了拒绝让座的运动。

这个运动扩展迅速，很快参与者就达到了4万之众。

年轻牧师马丁·路德·金被推为行动委员会主席，自此拉开了民权运动的序幕。381天后，最高法院裁定巴士上种族隔离违宪。是故，有人称罗莎为“民权运动之母”。

今年是罗莎诞生100周年，出版了她的新传记《罗莎·帕克斯夫人的抗争生涯》（*The Rebellious Life of Mrs.Rosa Parks*）。作者是任教纽约大学的Jeanne Theohario。

以往提到这个事件，都说是罗莎那天很累，所以不愿让座。因此，把她的拒绝视为无意识的行为。这本传记中，罗莎表明，她那时已经很活跃地参与各种争取权利的活动，包括推动拒绝让座运动。她说，事实上她早就在等待这个机会了。综观她的生平，这个说法非常可信。

写于2013年1月

读《温故》

前几天收到陈丹青寄来的《温故》，是木心逝世两周年的纪念专号。是故这几天，他们俩不时来到我的意识中，并非看到什么引起联想，纯粹是无中生有。刚刚图书馆前台阶上有人表演魔术，我叽咕了句“木心碰到陈丹青”。阿新问我什么意思。我说是我创造的新歇后语，表示“极好”。

《温故》中的第一篇《海伯伯》，是木心留下未曾发表过的残篇。我一翻开，就迫不及待地读了下去。

很快读完一次后，心情放松，我又再读，读得很慢，一点一点地读。当中还去冲了杯咖啡，实在舍不得就此读完它。很久没有读到木心的新作了。这个残篇让我觉得他从另外一个世界回来造访我们，离我们很近。阅读《海伯伯》我真有了"温故"之感。

海伯伯虽是木心家的仆人，却被木心的父亲称为"海弟"，亲密如手足。陈丹青的谈话提到他，说木心是他带大的，常常念叨他。在此文中，木心写道："外观上，我尽写些海伯伯听不懂的看不懂的话，其实都是他历十年时光来教养我的。"不免有所遗憾，直到"有一夜，我忽然发觉：正像自然教我们人很多很多东西，而自然是不懂的。我们人都在用自然教的东西来说明自然，甚至用诗，用画，而自然却一点也不理会，不在乎"。这样他想通了，不再怅惘，于是写下去了。

写于 2014 年 9 月

老贺减肥

所谓老贺减肥，其实是贺太太要他减肥，不是老贺自己的主意。老贺也就理直气壮地不当一回事。老贺胖是胖了些，却是胖得很滋润，一张脸很舒展，眉是眉眼是眼，显得挺年轻。或许正是因为如此，老贺退休后闲不住，到处找事做，为人写过传记，试过网上卖东西，还想过办农场，以及教过拳术等。总之，他样样有兴趣试试。老贺自称是充实人生，比充实生活更上一层楼。

前几个月，老贺兴致勃勃地告诉我们，由于一位朋友带领，现在有机会就去做临时演员。他已经上过几次镜头了，不过他抱怨，不是工会成员，薪水很低，好在这个经历还挺有意思。

今天我们午餐会，贺太太独自来，说老贺试镜去了。不知要拍摄什么，总之需要胖子，各式各样的胖子，白人的，黑人的，西方的，东方的。接下来，贺太太直抱怨要让老贺减肥比登天还难。她说吃饭要跟他抢筷子，稍不留心他嘴里就塞了东西。我们笑着听，我心里对老贺无限同情。我在附近的麦当劳或糕饼店，都常见到老贺在吃烤鸡、汉堡包、炸薯条等。我们正说得热闹，老贺来了，兴高采烈地告诉我们，他到那里一看，自己简直就是特小号体型，有人实实在在是他的三倍。他根本排不上号，马上被刷了下来。说到这里，老贺的筷子伸向了红烧排骨。

写于 2015 年 3 月

脸冷心热

——记辛郁

辛郁、楚戈和商禽三位好朋友合称为诗坛三公。辛郁是冷公，楚戈是温公，商禽是歪公。三公这几年相继而去，想起来非常伤痛。

20世纪60年代初，身为军人的他们，不知为何挺空闲的，时时在我们家聚会。我妈妈很喜欢他们，与辛郁最投缘。辛郁的烹调兴趣高，又有天分，我妈妈的拿手菜他学了不少。后来妈妈去世了，我回到台湾，只有在辛郁那里，可以吃到我们家的口味。

那个时期泉生和我大学毕业了，等着留学，游手好闲了很长一段日子。幸好有他们，生活于是丰富起来。他们在一般人眼里不务正业，吊儿郎当。真正做起事来都极为认真。辛郁正业写诗，副业创作小说和连续剧。尤其他后来参与《科学月刊》创刊，和一群科学界人士合作，除定期出刊物外，还出版科普教育的书籍。

我和泉生不时出些歪点子，泉生美其名曰“美化生活”。商禽多半乐于响应，楚戈则积极推动，加油加酱。只有辛郁常常板起脸来，这个不行那个不可以。泉生叫他“风纪股长”。他的冷脸我们不当回事。他哼家乡小调，我们做鬼脸嘻哈不已。我们幼稚，不懂他们想家的情怀。

辛郁生病以来，我们常通电话。每次都讲得很欢。最近，也就是他去世前三天，我们谈了很久，他兴致勃勃地说，要到“时空广场”去碰朋友。

写于 2015 年 5 月

他又迷路了

在我们这伙朋友中，奇逢的能干有目共睹。那次他来接我去法拉盛，和张宗子、宣树铮吃午饭。他一面开车一面说笑话，我听得欢。不过，法拉盛毕竟是我常去的地方，我感到他偏离我们的目的地了。我提醒他注意认路。他说法拉盛是他的地盘，叫我放心。我指点他应该掉头了，他说："我相信北岛的话。"北岛的话是：迷路不能问王渝。我让他去相信北岛，结果我们迟到二十多分钟。

他把迷路归罪于和我一起。但是前一阵，他去接王鼎钧先生的夫人到法拉盛和我们见面，那次我们足足等了半小时，他们才姗姗迟来。王夫人棣华悄悄对我笑说，迷路迷得一塌糊涂。我怪奇逢又迷路，心想这次他没有借口了，我不在场啊。谁知道他说："还是受了你的气场的影响。"那会儿，他正花高价跟一位气功师学气功，学得完全不通气了。

今天他先接张家瑄，再接我，三个人要去吃自助餐并聊天。他从家瑄家给我打电话，让我五分钟后下楼等他们。家瑄家到我们这里不到十分钟。我在楼下左等不见，右等也不见。十几分钟过去，手机响了，他问我家在第几街和第几街之间。我说在六十三街和六十三路之间。又过十几分钟他们到了，他说了心里话，因为他的妻子珊丹不在，他弄不清方向了。一向宁静致远的家瑄，微微笑着，什么也没说。

写于 2015 年 5 月

怀念罗孚大哥

我是先从文字上认识罗孚大哥的，那是20世纪70年代中，我工作的报社订有香港的《新晚报》，罗孚的每一篇文章，我都不肯遗漏。他见识广，见解独到深刻，行文畅雅风趣。当我得知，他是金庸和梁羽生两位武侠小说的推手，我就更加佩服。我从中学就迷上《神雕侠侣》和《七剑下天山》。

初见罗孚的印象是温文尔雅，一如我在文字中认识的他。那天，他特地邀约了十几位我熟识作品、心仪的作家。我最高兴是见到了萧铜，从台湾来的作家。萧铜是个率性之人，直来直往。我在罗孚的文章中读到，有一阵，他常接到萧铜打来责怪他的电话，原因不明。罗孚也不追究，一如既往地对待他。不久两人也就言归于好。

罗孚大哥似乎也是个美食家，大约很快看出我嘴馋。每次到香港，他都带我们去吃各种美味。我至今念念不忘的是一家潮州馆子，不但主菜可口，甜食更是好到极点。他住在北京的那十年，也没少带我们去吃美食，介绍我们认识作家。

最后一次见到罗孚大哥是2009年。餐馆在奥海城的第一期，计程车却开到了第二期。遇到广东人“一”和“二”，总是说不清，害得我迟到，真是很不好意思。罗孚大哥那天听多说少，不时瞌睡。看到他这样，我心里又感激又过意不去。

写于2014年5月

碰上的缘分

人撞过来，吓了我一跳，回过头看到一张怒目而视的狮子脸。狮子脸是我的幻觉，由于她蓬松的长发。恶人先开口："你怎么走路的？怎么突然就站住了？"我来不及想，据实回答："喝一口咖啡。"然后低头看衣服上的咖啡渍。她哈哈笑了，挥手而去。

以后街上遇到，我们开始打招呼。在贝果店碰上，便一起喝咖啡聊天。我注意到她项上、手腕上的饰物很别致。她说是自己买珠子穿成的。看我有兴趣，邀我去她住处看，说家里蛮多。

我们竟住在同一栋大厦，不同楼层，居然从来没碰见过。或许早就见过，只是彼此视而不见。她离了婚，独自住，有个女儿在别州。她展示过自制的富有创意的项链、耳环、戒指之后，我注意到墙上的画，有一张我特别喜欢，色彩充满梦幻似的绚丽。她说都是她画的，上个周末曼哈顿西村举办街头画展，她也去摆了摊子，卖了好几张画。我说要是早知道一定去逛逛。

我也请她来家里看我朋友送的画，王颖的，张炜的，严力的，叶坦的，姚庆章的，楚戈的，秦松的……她最喜欢的，却是华杰为我画的速写，说是很传神。

昨天下楼，电梯打开，只见她推了一车要洗的衣服出来。看到我，她如梦初醒地说，“怎么是七楼，还以为到了地下室”。我极为开心，确定我们是“一国的人”。

写于 2014 年 9 月

再见如故

——小记许知远

上次见面，他是和一位极有气质的美丽女士一起来的。老萧在电子信中介绍他时，极简单地说“你会喜欢他”。那时我在赶写一篇文章，文思不顺，满脑子纠缠不清的碎片思维。注意力不由自主地又被美女吸引去了，跟他聊了半天，总算弄清楚，他对此地华侨的文化活动感兴趣。这是我相当熟悉的话题，但是那天我的感知像是出了交通事故。他临走时，送我一本他的书。

那本书我读了几页就再也放不下。许知远，这是个陌生的名字。我立刻上网，查出他竟是和王鼎钧先生一起获得第五届在场主义散文奖的年轻作者。我向王先生询问，他竟然也不认识。我于是写E-mail给许知远，希望下次能好好畅谈。

我的希望没有落空，前几天他来纽约，这回是再见如故了，聊得非常开心。从王鼎钧谈到张文艺谈到刘大任，他对近百年来海外华裔的内心状态深感兴趣，或许会成为他创作的取向吧。我则对他们的书店感到好奇，他说原来取名单向街书店，现在叫作单向空间，因为不只是书店，更接近文化沙龙，甚至提供精致生活的选项。单向街的名字，取自德国思想家本雅明的同名著作。

分手时，他送我一本他们的刊物《单读》，历史感重，文化性强。然而并不全是严肃的探讨，几篇随笔贴近生活，充满趣味。版本小巧雅致。

写于2015年7月

性情中人夏志清

一天宣树铮打电话来说："夏志清先生昨天去世了。"那天是去年12月30日。我听了先是一愣，有点怅然若失，立即想到夏夫人王洞，长期守护在夏志清病中的她，此时必然身心交瘁。

第一次见到夏志清先生，是在于梨华家的派对上，只见他所到之处都引起阵阵哄笑。于梨华的女儿说，这个叔叔好奇怪。于梨华告诉她："因为他是作家。"当时我觉得这个大名鼎鼎的文学评论家，像个老顽童。

可以保持顽童心态的人，必然潇洒。我们文友聚会常有人恭维他，有人当场念诗赞美，甚至有人为他写书，他总是很从容地翻过这一页，事后也不再提起。他虽然不太愿意为文友写序、写评论，有时也有例外。好友于仁秋的小说《请客》，他不但先读，而且还写了长序。他觉得此书有趣，指出是留学生小说中首次写了华侨优秀的另一面。

我忍不住要提及一件小事，因为能最鲜明表现出他的个性。一次聚会，爱说笑的夏志清先生谈得兴起，夸口道："我捧谁谁就红。"散文家琦君女士听了，拉长脸说："我从没红过，也没黑过，没人捧我，我也不靠人家捧。"一座默然。事隔不久，《大英百科全书》每年出的《附册》，执笔台湾文学的那位人士向夏志清请教，他毫不迟疑地建议："你写潘琦君好了。"

写于 2014 年 1 月

威尔·肖兹

——《纽约时报》的《填字游戏》专栏主编

威尔·肖兹（Will Shortz）是《纽约时报》的《填字游戏》专栏的主编。这个叫座专栏有个特色，那就是难度从星期一起节节上升。星期一的最容易，以后一天比一天难。这种做法对迷上填字游戏的读者极富挑战性。

威尔·肖兹最得意的创作出现在1996年总统大选揭晓前夕，主题是“明天当选的总统”。妙就妙在，不管当时两位竞选者——克林顿还是杜尔——哪位当选，这次的填字游戏都会得出正确答案。构想设计实在太精彩了。

威尔·肖兹从小就对解谜有极大的兴趣，14岁创出一个迷题，卖给了教会主日学校的刊物。中学毕业后他到印地安那大学主修经济学。入学后他发现这所十分开放的大学，允许学生自行设计主修学科，他立即放弃经济学，转而专攻自己设计出来的"谜学"，论文题目为《1860年以前的美国字谜史》，获"谜学"学士学位，这学位是空前的，恐怕至今也是绝后的。

威尔·肖兹还有一个爱好，那就是打乒乓球。他和我先生是球友，曾邀请我们去他家。那简直就是一座"谜"宫，收藏了成千上万种关于谜学的书籍和玩具。连铺在沙发上的罩布，上面印的也是字谜。墙上则挂着克林顿总统祝贺他生日的来信，因为克林顿对填字游戏也很着迷，是他的粉丝，每天必看他的专栏。

写于2009年8月

第二辑 事故篇

盆栽与我

盆栽与我

我们住在日内瓦的时候，阳台一角堆了许多空花盆。日内瓦的花真是亮丽，超市里四季供应，价钱又合理。我不时从超市搬一盆回来，等到我想起要浇水时，往往面对的已是残枝败叶。于是就放置到阳台的一角。

茉莉花不艳丽，但是秀美，加上清香，越发诱人。有一年，李渝培植了许多盆，送我一盆，告诉我很好养，不用烦心。我确实没烦心，但不知怎么就不行了。李渝又送我一盆，命运和第一盆一样。她送来第三盆时，对我说："这好像是把小老婆交到大老婆手上。"我十分汗颜。

近来这一年，我们家的盆栽植物都长得极好，或许跟我们家阳光特别充足有关。一年前，晴美送给我一盆不知名的粉红小花，到现在还是精气神十足，而且这一年间竟然开过三次花。面对着家里的七八盆植物，我天天惊喜，疑幻疑真。

新年，老公的妹妹晓兰送来一盆她自己培植的酢浆草，暗红色的叶瓣，片片肥大，好看得不得了。今天阳光好，老公把它搬到窗口，他以权威的口吻说，它需要阳光。半小时后，我发现它整个瘫痪了。我想糟了，是不是我和盆栽的缘分恢复到从前那样了。老公又权威性地说，搬到阴凉处，加点水就行。他还真歪打正着，十分钟后，酢浆草居然又一株一株亭亭玉立了。

写于 2010 年 1 月

我妈妈最会……

我第一次听见儿子说“我妈妈最会……”，是他刚进幼儿园的时候，和几个四五岁的小伙伴谈论妈妈的烹调手艺。他们纷纷得意地表扬：我妈妈最会做汉堡包；我妈妈最会炸薯条；我妈妈最会烤蛋糕。忽然听到儿子很骄傲地说：“我妈妈最会煮蛋。”后来继续不断听到他说：我妈妈最会迷路，我每次带她回家；我妈妈最会吃糖糖，吃好多哦；我妈妈最会忘记，总是找不到东西；我妈妈最会追鸽子，一直追一直追；我妈妈最会摔跤，滑雪的时候摔很多很多跤。

鄂温克族作家乌热尔图的小说，形式新颖，内容厚实，关注环保。我欣赏他的小说，通过作品成了相得的朋友。多年前他曾带我们母子二人到呼伦贝尔草原观光。前往草原时，他带了许多酒，他说草原上的人热情爱酒。果然，我们一到，牧民们端出一大盘面疙瘩似的奶酪，就开始喝酒，每人都来跟我喝，一喝就是三杯。我没有喝醉，而是喝昏倒。醒来我很不好意思，他们安慰我说另外一个女士也跟他们喝到昏过去。问了半天，弄明白了，那位女士是舒婷。

后来那些牧民又为我们举办赛马和摔跤比赛。儿子听见要比赛摔跤很兴奋，告诉他们："我妈妈最会摔跤。"他们听了满脸疑惑地看着我，好在看我病歪歪的，没邀请我参赛。

写于2010年1月

多头怪兽

朋友很羡慕我，说我一向喜欢涂涂写写，居然写到今天还没停笔。我说，那是因为我们身边有个王鼎钧先生，他用他的作品鼓励我们。年过80的王先生，不但一直写，而且篇篇是精品。文字讲究，内容隽永。

朋友原来也是个文艺发烧友，她说："我现在根本没时间看书，连小说都不看，报纸观其大略。唯一看的是电视，一面看一面烫衣服……"

朋友有两个孩子，夫妇二人都上班。虽然现代人一般都认同男女平等，但是回到家，朋友的丈夫理直气壮地看电视、喝啤酒，求身心的松弛，她则忙进忙出，做饭、洗衣和处理没完没了的家务事，最后只能抓紧时间勉强补足睡眠。

我很幸运，丈夫和我的兴趣迥异，却都尊重对方的爱好，还互相鼓励向前发展。这么一来家务事怎么对付得了？于是我们发展出一套“牺牲打”的做法，那就是力求某些方面的满足，而在另一些事上有意疏忽。不到星期五不洗衣服，不打扫，每星期吃一两次煮冷冻水饺和用微波炉热的鳗鱼饭。让自己习惯生活在乱一点儿脏一点儿的环境当中。这样，我们都有了属于自己的时间，做自己爱做的事，而且精神上得到极大的平衡。千万记住，家务事永远做不完。它一如希腊神话中的怪兽，砍掉一个头，立即又长出一个来。

写于2010年3月

一万元台币的风波

从台北飞纽约，到了桃园机场要去托运行李时，沛然突然问我：“一万块台币你放到哪里了？”什么一万块台币？我根本没见过。他说昨天我去郭珠家时交给我的，言之凿凿。看他一脸自信不容怀疑的样子，我就心怀惭愧地开始认真思索。其实我早该知道，只要王渝一思索，上帝肯定发笑。

他还说是放在一个咖啡色大信封里。于是我紧张起来。因为我有一个习惯，对于不熟悉的东西随手就扔掉。

我马上给郭珠打电话，请她注意看看她家里有没有我留下的咖啡色大信封，并解释说里面放了一万多一点儿的台币。我特别请她连垃圾都检查一下。听了我的诉说，她已经跟上帝一样在电话那头笑出声来了。

回到纽约，儿子来接我们，我马上告诉他这件事。儿子说："就当它花掉了。反正你们玩得很开心。"儿子的话很富哲理，我听了大为安慰。

回到家，电话里有郭珠留言："王渝啊，我想了想以后，觉得沛然绝对没把钱交给你。这不是他的习惯。十块美元以上的钱，他都不会交给你管的。"有了这样有力的理论支持，我越发释然。于是，心无牵挂地睡觉了。模模糊糊中听儿子对我说："妈，钱找到了，在爸爸的箱子里。好危险哦，他就放在箱子外面的那个袋子里。人家一拉开拉链，就可以拿去了。"

写于2009年7月

写作空间

美国女作家洛克莎娜·罗宾荪在曼哈顿有很宽敞的住所，但是她写作时，却要躲进一间封闭的小房间。这小房间原来是佣人房，在一个角落里，离一切活动都远，听不到电话声、电视声和人的喧哗。

罗宾荪除了写小说，也是女画家乔治亚·欧姬芙的传记作家。约翰·厄谱代克曾经称赞罗宾荪的短篇小说集是一本美丽的书。

被誉为当代最杰出的短篇小说作者雷蒙德·卡佛，

当年的许多作品都是关在汽车里面写成的。

写作时，富有的要躲进佣人房，贫穷的则关在汽车里，而他们要求的却相同，那就是一个不受干扰，属于自己的独立空间。

我的好友罗英，是台湾诗坛风格独特的优秀诗人。有一段时日，她总是坐在麦当劳里面写诗。面前咖啡飘香，身边人声环绕，令人惊愕的新鲜诗句相互追逐着溜下她的笔尖。她说只有在那里，她可以放下一切和诗周旋。甚至连那里的嘈杂都成她的屏障。在那里她不会想到桌子要抹，房间要整理等。

现在我喜欢在餐桌上写作，因为餐桌大，可以摊一大堆东西。但是，我都是半夜三更，写个不停，为的也是一片属于自己的独立空间。

写于2010年3月

我爱卧读

美国有一个电视节目叫《阴阳魔界》（*Twilight Zone*）。其中一次讲世界末日来临，只有一个人幸存，因为他在很深的地下书库中看书。可是，接着发生了最恐怖的事情，他的眼镜跌碎成片片儿。

这个故事让我惊怵不已，成了我的恶梦，因为我是个离不开书的人。随时随地，书一翻开，我都能投入书中的世界。读书，让我多活了好几辈子。一个熟人对我挤在公共汽车里面站着看书，十分惊诧。他说，那样的地方怎么能看书，又拥挤又摇晃。是啊，他说的都对。但是如果不看书，我就加倍感受到那份你推我搡的痛苦。当然也因为如此，我可怜的眼睛散光加近视。

虽然我哪里都可以看书，但是我最喜欢的还是躺在床上看书。床，真是个可爱的地方。古希腊人宴会时喜欢躺在卧榻上，吃着美食、喝着美酒聊天。讲究的更是在卧榻上铺满玫瑰花瓣。太可惜了，这么美好的习俗竟没能推广流传。

每天晚上不在床上看书我不能入睡，而且我喜欢从这本读到那本，所以我总是带上几本书放在床头。今天几本，昨天几本，前天几本，累积下来相当可观。

古人有诗云：读书之乐乐何如，绿满窗前草不锄。而我呢，则是：读书之乐乐何如，书满枕前床不铺。

写于 2009 年 8 月

从时装想起

事情很容易走到原来意向的反面。就拿时装来说吧，设计师总是宣传自己的创意，强调个性。但是，等到流行起来，个性被淹没，就跟穿制服一样了。

一位女朋友情绪低落，她说：“我要做一件跟人家不一样的事。我想把前面的头发染一绺白色的，如何？”其实这样染一绺白色或金色头发的事，早流行过一阵儿，现在还有人这么做。这哪里是跟人家不一样，这分明是去跟人家学样。

流行可怕，不但消灭个性，还让人以为是自己的原创。

流行针对的是消费大众不成熟的心态，它满足你向往标新立异、彰显自我的心态。其实是利用你的惰性，让你落入设计的陷阱之中。仔细想想看，流行的事物给我们留下了什么创意空间。

人是复杂的，既想与众不同，又怕跟别人不一样，热衷时装正是这种矛盾的表现。追求时髦为的是跟不时髦划清界限，同时又唯恐落在时髦的后面。最终，追随时装者便成了提倡者手中的棋子，乖乖地回归到制服的队伍里来。

我想起胡适在口述自传中说过的话：当一种社会上的事物，深入群众而为群众所接受时，就变成非常保守的东西了。

写于 2009 年 7 月

我想写推理小说

我对推理小说极为入迷，从《霍桑探案》到《福尔摩斯探案》，后来又迷上英国女作家阿加莎·克里斯蒂的作品。她的神探波罗和马普尔小姐的系列探案，我一读再读，每次都如同经历有惊无险的浪漫之旅。她真是一个说故事高手。

读多了，我也兴起一试身手的念头，直到如下的事故一再发生，我总算认识了自己的推理能力和观察能力。

我离开公寓大楼地下室洗衣间时，看见那张让人折叠衣物的长方桌上，孤零零地立着一个盛洗衣剂的红色塑料罐子，很普通的那种。这时洗衣间只剩下我一个人。我想：不知哪个糊涂虫把它忘记了。下一次再要洗衣服时，我怎么也找不到洗衣剂。我这才明白谁是那个糊涂虫。

有一次在家开派对，最后一个客人离去时，我赶紧叫住他，并且抓起沙发上那件风衣递过去。他说不是他的。我颇具推理地说："当然是你的，别人都走了。不是你的，是谁的呢？"背后一个声音说："那是我的。"说话的是我老公，瞪着诧异的眼睛。

写于 2009 年 8 月

妈妈的朋友

儿子小的时候，看见街头流浪汉都跟他们打招呼，他们的反应也都很友善，有时还会称赞儿子几句，说他可爱、聪敏、懂事。儿子就一脸得意。我看在眼里很欣慰，觉得儿子颇具同情心。我们请来照顾儿子的苏太太则说：“小雷把什么人都当好人，长大了要吃亏的。”她叫小雷以后不可以理睬那些人，我正想劝她不要小题大作，儿子说话了：“他们都是我妈妈的朋友。”那时我们住在苏荷，熟人不少，有大胡子的艺术家，开鞋店的老板，餐馆中的企台，但是我却从来不曾结交过流浪汉。儿子提醒我说，一定是我的朋友，还给过他钱呢。

是有那么一次，我和儿子两人在家，他要喝可口可乐，冰箱里没有，我带他到对街小店去买。买到后，却回不了家，忘记带钥匙了。好在很快老公沛然就该下班回来，我们母子二人便坐在大门外石阶上等候。一个满身酒气的流浪汉出现在我们面前，对着我们摇头叹气，然后从裤袋里掏出一枚两毛五的硬币，递给儿子。离去时他拍拍儿子，咕噜道：“可怜。”

儿子的奶奶听到这样的事，告诫我们出门衣服要穿体面些，不要随地乱坐。朋友听了都很乐，认为这样的事发生到我身上理所当然。只有小赵追问：“快快告诉我在哪里。那可是块宝地啊，坐着就有人给钱！”

写于2011年7月

水仙花

中国十二月的花神是水仙。靠近农历年关，法拉盛的花摊子都摆出大盘像蒜头的花种子，插的牌子上书“水仙三个十元”。我忍不住买了些回家，喜欢看它们在盛有水的盘子中发芽，抽出葱一般的叶子，然后开花。由于种子和叶子的形象，水仙也叫作“雅蒜”和“天葱”。

生长在清水中，水仙秀逸脱俗。它别称“凌波仙子”，真是再恰当不过。那么这位仙子到底是谁呢？由于曹植那篇著名的《洛神赋》，其中写道“体迅飞凫，飘忽若神。凌波微步，罗袜生尘”，于是传说凌波仙子即为洛水女神宓妃。相传宓妃是伏羲氏的女儿，溺死于洛水成为河神。

另外一种传说，则认为凌波仙子所指的是帝尧的两个女儿娥皇和女英，她们跟宓妃一样溺死水中而成为神。她们死于湘水，合称为湘君或湘妃。是此之故，南宋及其后诗人常以湘君喻水仙花。

我却喜欢关于崇明岛水仙的传说。唐代女皇武则天命令百花同时在她的御花园绽放。天上司花的神不敢违旨，福建水仙花六姐妹只得前往长安。最小那位妹妹不甘心只为女皇独放，经过长江口，见到净土，便悄悄留下。那净土便是崇明岛。这就是为什么福建的水仙五朵一株开，崇明水仙一朵怒放。

我们家盘中的雅蒜已成长为天葱，盼望中的凌波仙子就快来临了。

写于 2016 年 2 月

愿言则嚏

近来天气变化莫测，温暖一天，接着大冷两天，然后气温又升高，弄得凡有鼻子的都伤风了。我们几个顶着寒风走进暖和的咖啡馆，感觉真舒服，但是大衣尚未脱下，有人已经开始打喷嚏了。阿新打完，我跟进，忽地陈太太也阿嚏起来，秀秀掏出纸巾捂住鼻子拼命忍住。陈太太说："有人在想我们。"

说来真巧，因为读《听杨绛谈往事》，读得起劲之余，我又把钱钟书的《宋诗选注》找出来翻阅。我刚刚读了梅尧臣部分，在诗人的评介和批注里，有不少的文字提到打喷嚏。《诗经》里的“愿言则嚏”，由于郑玄在笺注中采取民间传说，意思就是“你思念我，我就打喷嚏了”，把生理反应说成了离别的心理感应。“愿嚏”也就成了思念的意思。喷嚏既然联系上思念，理所当然会出现于诗文中。《牡丹亭》中就有这样的句子，“叫得你喷嚏像天花坠”。苏东坡《元日》诗云：“晓来频嚏为何人？”倒又好像打喷嚏是在思念别人了。

从郑玄的注可以得知，我们从古早就有了打喷嚏是被人思念的说法。此外，我们还有不少联系生理反应和心理感应的说法。我摸摸耳朵，阿新看在眼里说：“你一定做了坏事，有人在骂你，所以你耳朵痒。”我妹妹眼皮跳，就嚷嚷她这天运气不好，会碰到坏事。

写于 2012 年 1 月

街角人家

突然处处都是生机盎然的春景。玲玲和我横街竖街地漫步，没有目的地，全心愉悦地沉浸于观赏路边花草树木，比较今天和昨天，枝头多了不少绿意，草地的花朵添加了几许。一丛紫色小花吸引了我们的注意。它们正是我喜爱的野花，叫作 Canada Violet，直译就是加拿大紫罗兰。它们不仅秀美，叶子可以当蔬菜拌色拉，花可以做果冻。

我偏爱路边的野花，对这种紫罗兰和 Queen Anne's

Lace 尤其喜爱。Queen Anne's Lace 直译是安妮女王的蕾丝。这花的形状确实娇美如蕾丝。我们则叫它野胡萝卜花，亲切里带点傻气。我估计再过半个月，路边和高速公路旁都会见到它们了。

由于爱野花，读了不少有关野花的书，有本《北美常见的野花》还是我的床头书。冬天读它，给睡眠和梦添几分春天的花香，平常读它拉近自己和花们的距离，轻易地步入"花花世界"。

走到我们那条街的转角处，我们看到了这个露台。因为是一楼，和人行道上的我们仅隔一小片草地。围墙上摆了几盆花，花盆间放了两座玻璃雕饰，露台里面的墙上挂了几幅大小不等的画。最可爱的是在垂下的米色窗幔与玻璃窗之间放置一大瓶鲜艳的花卉。这一切洋溢着善意，传递给路人亲切的招呼。

写于 2015 年 4 月

想起敲心塔

吴哥窟的旅游，给我留下最深印象的是塔普伦寺中的敲心塔。塔普伦寺是奢耶跋摩七世为他母亲建造的佛教寺院，规模广大，建筑精美。虽然现在破败了，回廊的墙壁上却留下细致雕刻，时时还会碰上肉体丰腴的阿普莎拉塑像。无处不在的柏杨树巨根，有时像从墙垣伸出的大腿，有时蜿蜒伸展，几乎觉得它在蠕动，看得人心怵，果然，导游说当地人叫它“树蛇”。据说当年维持寺庙运作，需要八万人力。寺内珍藏的珠宝、金碟、钻石不计其数。

敲心塔在塔普伦寺中所占的面积很小，最多不过容下几个人，大概原本就是要让人独处的吧。这个小空间的特异之处是，人进到里面，身体贴墙，双手握拳敲击心胸，室内立即发出砰砰的回声。如果敲打身体别的部位，则没有反应。我试着敲打了一阵，果然如此。当地人相信，敲打心胸发出的砰砰之声，能够把内心的忧愁烦恼和身上的恶运一起驱逐出去。这样的奇妙效果，证明那时的建筑师已能掌握了音响。而且传说中说，这里是特别为国王设立的建言室。那真是太聪明了，国王敲打掉烦恼忧愁，接受进言的可能当然增大许多。

晴美来电话诉苦，工作上由于认真受到某些同事挤兑，很是气闷。我跟她聊起敲心塔，劝她拍打心胸二十下，纾解闷气。

写于 2011 年 4 月

怀念“初三春”

我们是台湾最后的春季班。我们刚进台北一女中，当然是“初一春”，后来是“初二春”。因为最后一年是“初三春”，我们就一直这么称呼我们的班级了。春季班是春天入学。我们入学后的下一个学期，全台湾开始只有秋天才招生。我们初中毕业，已经没有春季班，无处招生，学校只好把我们多留一学期。

春季班只招一班，我们初一上时，初一下的班级有四班，分别称忠、孝、仁、爱。我们则称为“春”班。

我们班人特别多，有六十几个。学校把我们安排在废弃不用的化学实验室中，很大，其中有几张狭长的石桌。下课的十分钟，我们用石桌打乒乓，杀上几把。

或许班上人多，美丽的、杰出的也多。当时我们觉得好看的，到了大学时代都成了校花、系花、班花。最出众的是牛津，灵秀美丽，人人见了都要多看她几眼。当时一位著名的画家，还替她画了一幅肖像。杨伴丽则是艳丽动人，引起星探的注意。至于杰出的，洪美惠每学期考第一；不声不响的罗英，我们还在《中学生》上发表作文，她已经在颇有名气的《野风》刊物上发表作品；陈丽红的写生，可以说是神乎其技，不需要模特儿坐在面前，只凭记忆就能画得栩栩如生。她看了电影后，就画明星送给我们，你一张费雯丽，她一张英格丽·褒曼。

写于 2013 年 8 月

脸　盲

我问玲玲碰到过脸盲的人没有。她瞪着我反问:“什么是脸盲?”“脸盲”是我的临时翻译。根据是不能分辨颜色的人叫作“色盲”,我就把不能分辨脸孔的人叫作“脸盲”。英文是 faceblind。玲玲直摇头,显然对她是件新鲜事。

昨晚电视专访节目中,我第一次听到“脸盲”。几位被访问的对象,都各有专业,有的具有很高的学位。他们能够看见人脸上的五官,却无法记住人的脸孔。

天天见面的人，见到了也不认识。主持人拿了照片给一位50来岁的女士看，她说不认识。那却是她的女儿。30岁左右那位男士，对任何脸孔都没感觉。他工作上经常接触一位女同事，他靠她梳的马尾辨识。哪天如果她不梳马尾了，他就会在办公室中“众里寻她千百度”。

以前这种现象，都出现在从战争中回来的军士身上，现在在座这几位被访者则都是天生的。其中有位是医生，她说必须先看病人的数据，她记得病人的病症，记不得病人的脸。另外一位不到10岁的男孩，他说别的小孩叫他，他就假装认识，这样好跟他们玩在一起。

最令人不解的是，这些脸盲人士，能识字读书；能认识环境，上街不会迷路，房子车子都看得清楚，日常生活毫无问题，就是人脸不在他们脑际留下印象。人，真是古怪！

写于2012年8月

“虎头帮”

这次到台北旅游的一个收获是参加了“虎头帮”，成为它的非正式成员。

“虎头帮”的正式名称是“小虎食货团”，是美食网站“小虎食梦网”站主小虎一年多前成立的网上团体。如果发现了什么好吃的店，小虎会在网上号召大家报名，统计好人数，到该店预约，然后大家一起去享受美食。吃完分手前，平均分摊费用。团长小虎也跟大家一样分摊一份。这个食货团逐渐由网上转到台湾普遍使用的实时简讯软件Line上，使用人人必备的手机，并自称“虎头帮”。

使用实时简讯的好处，是简单明了，一句话、一个贴图或一张照片，就把意思传达清楚了。每次享受完美食，就会有人把一道道美食的相片张贴出来，引得刚参加了的人回味无穷，没有参加的人不是羡慕就是后悔莫及，下次一定及早报名。

“虎头帮”成员据说已经达到1000人，但每次报名的人数限于场地，只能限制在10到20人左右。参加的人主要来自台北，但也有一些台北以外或海外来的。成为团员没有任何条件，只为了一个共同嗜好，原来素不相识的一群人聚集在一起，形成了一个吃吃喝喝的好朋友俱乐部。食货团从分享小店或小摊贩的小吃开始，现在已经组团到台北近郊和其他城市，甚至曾经组成美食团去香港和日本。

写于2014年12月

再说“虎头帮”

美食团“虎头帮”的活动相当频繁：小型的大约每星期一次，大家约好去品尝小吃、甜点、咖啡或下午茶；大型的大约一两个月一次，例如最近正在筹组去台北近郊一处私房膳，据说是香港一位获得过米其林二颗星的美食达人新开的。

参加“虎头帮”，纯属意外。我虽然有智能手机，基本上只会用来打电话，其他上网、看地图、搜查资讯、使用文字等功能，一概茫茫然，处于从头学习却缺乏名师在旁手把手指导的阶段。到台北后第一次参加小虎食货团，才知道他们都是在手机使用 Line 联络。餐桌旁边一位年轻漂亮的女士，拿起我的手机，三下五去二，替我下载了 Line 软件，再接上“虎头帮”的户头，我就这样参加了“虎头帮”。不过，由于还不太会使用，只能算是非正式成员。

在台北参加了四五次美食聚会，完全是全新体验。第一次是去骆师父酱味川客菜，是一家不算小的餐馆。“虎头帮”一下去了 70 个人。主厨骆师父也大力演出，把拿手的新派川菜和客家菜绝活端上桌来，十道大菜，色香味俱全。吃完每人分摊台币 800 元。另一次有 7 个人，去一家夜市小摊子，名叫阿美古早味，是地道的台菜小吃，一共吃了十盘，炒饭、米粉、烤鱼、红烧肉、青菜等，每人分摊台币 250 元。

写于 2014 年 12 月

和老张约会

我们说“一日之计在于晨”，而我的早晨总是在混乱中挣扎。北岛甚至说：早上别跟王渝打招呼，她认不出你。这是诗人的夸张。我的情形没有那么严重，但是绝对不清醒，需要一段时间把自己从混沌中抽离出来。

在附近的星巴克我买了一杯咖啡，先喝下半杯，带着剩下的半杯走进老张的办公室。我觉得一切就绪，已经进入身心投入的做事状态。老张一个人在转悠，好像在思考问题，又好像不耐烦。我看看手表，九点，我很准时啊。我招呼他，他有些茫然。我连忙提醒他我们约好这时谈问题。他瞪着我似乎不得要领，突然像是有所顿悟，伸手把桌上的电脑打开，再过一会儿脸上表情生动了，很抱歉地说："每天电脑打开后，我才清醒。"

从老张那里出来，有一种办完事的轻松感。我想吃了中饭再回家吧。找手机要通知老公，连带把一张卡片也拿了出来。那是我用来提醒自己今天该做什么的卡片，上面写道：上午九点，阿陈、秀玉、凯凯来做灯谜；下午三点去见老张。我傻眼了，立刻打电话回家，老公说人家自己在做新春联欢会的灯谜了。我又给老张电话，告诉他刚刚的约会应该是下午三点的。他说："好啊。"我弄不清他是什么意思。总不会以为下午三点要再见面吧。我的老天！

写于 2010 年 1 月

听演讲记

我不明白怎么会来听这场演讲：教你设立自己的促销网站。主讲人先向听众保证，此事做起来极为容易，接着举例某人如何人气飙升，某人又如何成功。听得你不能不心动。这时，他话锋一转指出，怀抱好奇心来的，那是白来了，不会有收获。经他点破，我突然明白这正是自己坐在这里的原因。我立刻调整心态，收拾起好奇心，换上好学生的认真学习态度。

他说做成功一件事情要抓紧三项要素：时间、场合和行动。他这么说的时候，举起一只手，手里拿着一张钞票："你们谁最先给我五块钱，我手里这张十块钱就是他的。"我听得津津有味，不知他葫芦里卖的什么药。却看见好几个人从不同的角落冒了出来，都往他那里跑，手里都拿着钱。我心里想，这是玩什么游戏？第一个跑到他面前的，把手里的钱交了给他，换过他手里的钱，然后欢天喜地，摇着手里的钱回到自己的位子。他称赞那位先生掌握了成功三要素："他刚刚从我这里赚去了五块钱。"

我这才回过味来，原来他在实行现场身教。听完演讲，我虽然依旧不懂促销网站，但是也有收获。他让我确知自己不是赚钱的料儿，以后连好奇心也不会有了。

写于 2010 年 2 月

那年除夕

那是1949年。两个多月前，爸爸把妈妈、妹妹和我送到上海姨妈家，整天他们谈的都是谁去了香港，谁去了台湾，听着我心里无缘无故地害怕。

旧历年除夕前一天，妈妈决定新年还是应该回家过。坐在京沪车上的我一路唱个不停，压在心头的疑惑、恐惧一扫而空。回家真好，一切又会和以前一样。

第二天我起得很晚，把所有的玩具玩个遍以后，想起我最要好的朋友黄稻，溜出门，在她家门口我大声叫她的名字，一个中年人告诉我他们家早搬走了。这我知道，我只是以为他们也会回来过年，盼望落了空，沮丧地转身。回到家就挨妈妈一顿骂，说外头这么乱，绝对不能让我一个人出去。

我心里又生气又有点儿怕。怎么家跟以前不一样了？

晚上吃年夜饭前，按照规矩我们小孩子要跟大伯、大伯母、三叔、三婶、爸爸、妈妈和小舅拜年。我那些堂兄弟姐妹都照做，都得了压岁钱。我不知为什么很伤心，不肯行礼，还大声嚷嚷道："我讨厌过年，我不要过年。"妈妈气得抓住我按在她身上，在我屁股上打了好几下，然后揪住我的耳朵把我关进房间。

这是我在南京，也是大陆过的最后一个除夕。

写于2010年2月

“沉鱼”的经验

我们在贝果点吃早点，聊到“沉鱼落雁、羞花闭月”的四大美女。玉华说：“我们也四个人呢。”我们互相看看，不为什么地同时笑开了。还是玉华说：“沉鱼落雁也许不容易。我可是常常羞花闭月的啊！”我们让她详细道来。她说：“看月亮的时候，总会碰上有云遮住月亮的刹那，这种闭月的情况每个人都碰到过吧？”那么羞花呢？她慢条斯理地说：“前一阵樱花开到极盛时，一阵风过，马上花瓣纷纷落下。这时我正好经过，不就是羞花了吗？”

玲玲反驳道：“羞花不是花瓣纷纷落地。人家是讲杨贵妃初进皇宫，在花园赏花时，想到不知以后会怎样，悲叹命运，一面用手去抚摸那些花。花看到她美丽愁苦的模样，花瓣收合起来，叶子也垂了下来。哪有什么花瓣都掉下来的事！”

于是我讲了关于“沉鱼”的那码子事。那天在刘大任家，他们夫妇俩不断提到他们家的神仙鱼，如何难养，如何美丽。我听得好奇万分，就到他们书房去观赏那七条神仙鱼。心想，说不定还能沾点儿仙气。我突然发现他们两个神情紧张地跟在我身后。走到鱼缸前面，我顺手就敲了几下，没想到缸里的鱼像是碰上世界末日，急急忙忙直往缸底沉下去。他们俩同时也在我身后大叫：“敲不得啊！这种鱼胆子小得不得了啊！”

写于2014年6月

偏爱咖啡

我曾在保险公司做过多年小职员，从上午九点做到下午五点，自称“九五之尊”。每天早上满脑子糨糊似的走进办公室，在自己桌子前坐下，跟别人一样埋头工作。其实，一心等待的是咖啡时间。那以后才能神清气爽，真正开始工作，首先，便是改正之前糊里糊涂所犯的错误。后来到报社上班，我每天带一杯咖啡进编辑室。我不是唯一的，另外好几位同事也都如此。

我不仅早晨需要咖啡，饭后也喜欢喝一杯。香港作家唐琼在文章中曾说："一顿丰富的中餐之后，如果端上一杯上好咖啡来，那情景与听完梅兰芳的《凤还巢》，约翰·斯特劳斯的华尔兹旋即登台无殊。"他觉得彼此格格不入。我却一点这样的感觉都没有，而且往往吃了一顿美好的中国饭，最想的就是咖啡。早年的港式茶餐厅，同时供应中式饭食和咖啡，真好。

吃完中式饭菜喜欢享受一杯咖啡的，大有人在。赵淑侠、赵淑敏、丛苏都如此。是故我们常约去吃中式自助餐，那里一定供应咖啡。

唐琼在同一篇文章中还提到，巴金对咖啡极有好感，去到诗人辛笛家，他会喝上三杯浓咖啡。巴老住院以前，我们到上海一定拜望他。我记得他饭后要喝咖啡，而且会在咖啡中加点酒。走笔至此，我非常怀念这位可敬可爱的前辈作家。

写于2014年6月

往 Auvergne 的路上

这次我们十几个好朋友在法国相聚，完全是由住在巴黎的比雅所安排。今天上午，克丽丝开车来接我。她在乎几位老中国人的中国胃，先光顾一家华人开的小超市，买了米、面、饺子皮、酱油、麻油、蚝油等。我心里则想着鹅肝酱、烤蜗牛。

我们以为星期六又逢大假期开始，公路不免拥塞。事实证明是我们多虑了。车行畅顺，心情顿时放松。克丽丝向我介绍，要去的 Auvergne 位于法国中部山区，特色就是偏远。因为是火山岩地带，矿泉水特别清甜。克丽丝又告诉我，当地奶酪极为有名。

途中我们在一个叫 Le Val De Loire 的小镇稍事休息。克丽丝做足了功课，特地要参观这里的一座教堂。进入小镇，车路蜿蜒曲折，路边开满了各色野花，后来到了中心地段，街上仍然不见人，也不见店铺，好在教堂在望。教堂对面竟然有个游客中心，里面有一位中年女士，我们买了明信片，为的是要记住曾到此一游。

巍峨的教堂看上去历史陈迹很重，建筑则牢靠精美，绝对经得起时间的风风雨雨。教堂也没人，大门敞开着，进到里面吓了一跳，向上耸起的屋宇气象恢宏。

教堂另一边有家餐馆，偌大的餐厅中坐了一桌人，估计有八九位。小镇像一个将醒未醒的睡美人。

写于 2014 年 8 月

山居好快乐

我们住的这个山坳远离人世，去最近的小镇也得开 40 分钟的车。往返的路上，从来不见人影，牛羊倒是不少，阳光下微风里意态悠悠。环境决定生活。每天我们在没有时间的感觉中，随心所欲地钓鱼、游泳、走山路、赶集市、访教堂、看废墟。玩乐之间，我们不停不止地吃喝。实在是没办法，这里的奶酪、红酒和香肠都好吃得不得了。

第一批去钓鱼的天刚亮就出门了。总之我们 20 来人，各自按自己的时间表行事。奇怪的是，谁也不耽误吃饭时间。我起来迟，总要到10点才到河边观望意思一番。我试过甩渔竿，甩到了树枝上，别人费了半天力气才弄了下来。我们钓鱼的热情很高，成绩却乏善可陈。确实也钓到过几条鱼，可是太小，按照规定都放回了河里。

前面提到“赶集市”的“赶”字，绝对写实。山下的小镇天天都有集市，都在正中午结束，我们每天都是赶着去，分头采购水果、蔬菜、奶酪、肉类。苏菲和我在一个摊子上买了许多水果后，跟摊子的女主人语言破碎地交流，感觉却无比亲切，亲切到她最后送了我们两瓶自己酿的红酒。

集市所在地必有教堂和餐馆。教堂，我们理所当然要参观，拍照。有时华华还会写生。至于餐馆，克丽丝和我一定光顾，不仅喝咖啡并且吃甜点，边吃边口头担心体重增加。

写于2014年8月

当我们同在一起

吃喝玩乐之间，我们不停地把话题落到正在画速写的华华身上。他画得专心，只好任我们添油加醋。克丽丝记得他刚到纽约时，为了挣生活费曾在街头为人速写。他技术高，心思灵敏，能写实，也能突出特点，画可爱幽默的漫画，颇能招揽顾客。那时他英语不行，临时学了几招应付。有次请一位顾客对着他的眼睛看，他把“眼睛”（eyes）说成“屁股”（ass）了。那位老美顾客的表情可想而知。

有次我和他在公共汽车上，他跟身边的一位老先生搭讪练习英语。老先生眯了眼打量我，然后对他说："你的太太很漂亮。"可怜的华华惊愕地连声申辩："她是我的教授。"情急之下，他竟然舍去更普遍的说法"老师"，而用了"教授"。老先生继续点头称赞："你美丽的太太还是教授，了不起啊！"华华平常称我老师，他比我小二十五六岁。

阿杨想起我们三个人开车去布朗大学的事。出发时已近中午，阿杨提议吃中餐，据他说车程只有两个小时。吃完中餐，我们开了快三个小时还没到，天又下起雨来。华华说雨刷失灵，只好到加油站等雨停。加油站的人告诉我们，此去还得两个多小时。再上路开了一阵，天色转暗。华华宣称他只有一个车灯会亮。我们都不敢再出声。上天保佑，一片寂静中，我们在天还剩一点亮色时，到了布朗大学。

写于2014年8月

免费加油

度假终于结束了。前一天先离去的人留下的伤感发酵了。各自登车前，苏菲亚9岁的儿子小欧文抱了我就哭，惹得我和他相拥而泣，互相勾手指约好以视频联络。

正碰上法国全民大度假的周末，我们去往戴高乐机场的高速公路还算顺利。反方向的那边，大约都是往度假地带去的，公路拥塞，时时出现停滞不前的现象。

估计已经走了有一半路程，我们开出高速公路，到休息的地方吃东西和加油。非常大一片草地，有咖啡、三明治贩卖亭，另外一栋大建筑里面有餐厅、礼品店、收加油费的办事处等。草地上坐了三三五五野餐的人，有好几百。这样的场面我第一次看见，很觉新鲜壮观有趣。

没想到我们一路顺风，却在加油站碰上麻烦。加完油后那架机器拒绝收费。克丽丝进到大建筑里面找人，也没人肯收钱。那个办事员只一个劲地说她丈夫应该知道加了多少汽油。克丽丝一再说明是她开车她加油，那个办事员继续坚持她丈夫应该知道加了多少油。克丽丝没法子，找了另外一位办事员，向他说了原委，那人说如果机器拒绝收钱，他们就没办法收钱。克丽丝说要赶飞机，不能再拖了，问他该怎么办。那人听了连说，快去快去赶飞机吧。我们就这样不顺利地被免费加油了。

写于 2014 年 8 月

一个移民家庭的梦

我是在超市买菜时认识冯太太的。那天我随手抓了一包青菜往推车里面丢，旁边有人说："叶子都变色了。"说话的就是冯太太。冯太太在车衣厂打工。他的先生因为英文有底子，在一家公司做收发。在国内两人都是中学老师。他们还有个上初中的女儿。

冯太太做完工回家，不但做家务还勤学英文，参加附近高中开的免费英文班，那是专为新移民办的。她说这是为了将来不成为先生和女儿的负担。真叫人敬重。

冯太太说最近他们一家都做怪梦。我问怎么回事。她说都是跟跑有关的梦。

冯先生梦见一些方砖似的东西追着他跑，跑到他前面就把他围住，一步步紧逼过来，像要要他的命。这时他看清了它们的面目，非常狰狞，是一张一张要付的账单。

女儿也是梦着在跟什么赛跑，对手都是飞毛腿，急得她又哭又叫，它们却对着她发出怪笑，它们是一本一本写满英文的课本……

冯太太说她的梦则是不断地追着什么跑，而总是追不上，心里惶恐，常常在这时急得醒了过来。而每在将醒未醒之际，眼前则出现一群一群飞翔物，它们不是飞鸟，它们是疾驰而过的衣衫。

冯太太在衣厂做的是车衣工，按件计酬。

写于 2009 年 7 月

馋　言

请诗人朋友阿钟夫妇吃饭。他们吃素，主随客便，就去一家素菜馆子。这家素菜馆子在华人聚集的法拉盛颇有些名气，不但色香味俱佳，而且做出来的虾仁像虾仁、叉烧像叉烧。这后面一点，我赞叹之余也总想不通。既然是吃素，何必非把素食做成跟五花肉或红烧鱼一个样呢？出于宗教原因或者慈悲心而吃素的人士，举起筷子伸向这样的菜肴时会怎么想呢？

这顿饭确实可口，但是和他们分手后，我不知怎么就跨进了一家烧腊店，买了一盒烤猪肉。回家的路上，我的所有欲望都集中在这个盒子上。

提着这个盒子，边走边想起我的两位要好吃友：卡琳和晓菲。

想起那次我们三个吃得高兴时，我说："小时候我有个愿望。"她们俩只顾吃，并不怎么在乎我的愿望，我径自说下去，"我的愿望是希望嘴巴长在手掌上，经过水果摊只要摸摸，就尝到味道了。"

晓菲正把一块清蒸鱼往嘴里送，一面吃一面说："我要是熊就好了。"想象秀丽的晓菲变成笨重的胖熊，我笑了。她接着说："熊在水里抓鱼，一掌一个，最新鲜时就放进嘴里，哇！"

卡琳正要说什么，甜点上来了。

写于 2009 年 8 月

超前忧患

丈夫说，按照我们命中缺什么，名字就取什么的习惯，我的名字应该是“远虑”，接着发挥了一番没有远虑必有近忧的老生常谈。起因不过是在吃完一顿很满意的午餐后，他建议去超市买菜，我说了一句：“吃得饱饱的，买什么菜？”

在公寓门口碰到史密斯太太，推着两岁多的儿子要去游戏场。小娃娃在推车里哼哼唧唧。我问怎么啦。她说：“奇怪小鬼头，看到天阴，就怕要下雨，就愁成这个怪样子。真是荒唐。”

我们两个在一阵哈哈笑声中分手。

其实，将要出门时，我也曾考虑到，天这么阴沉，可能会下雨，是否该带把雨伞。

但是想到带一把伞多一份累赘。我的念头就转向了乐观：大概在我买好东西回来之前，还不至于下雨吧？这样充满主观愿望地自己跟自己商量一番，我当然就没有带伞出门。

回来时我一路在跑，雨越下越大。

我们这条街连个遮蔽的地方都没有。我跑得很绝望，怎么跑前面还是一片雨。这么跑着跑着，我想起史密斯太太的儿子，真不得不佩服。刚才怎么还笑话他呢？这个小娃的忧患意识怎么这样超前？

写于 2008 年 7 月

等　人

常常听见男人说："女人啊！就是爱迟到。"我正是女人中的一个，但是却在这个形容之外，可以说简直沾不上边。我和人约会，不但不会迟到，往往不能准时，因为我每次都在约定时间之前早早先到。我是天生的急性子。

这急性子使我这一辈子尝尽了"等人"的滋味。学校郊游时，我总是第一个到达集合地点，一看四面无人，就开始担心：是不是记错了地点、日期、时间？如果全家要去看电影，我一定第一个准备好。家里人却还是梳头的梳头，换衣服的换衣服。

这些都不说了，还有让我感到丢脸的，那就是等男朋友。

我的女朋友都是让男朋友等的，所以等男朋友的事我一直瞒着大家，包括那个被我等的男朋友。每次等男朋友等到头昏昏眼花花，可是一看到他，我立即装出一副“我也是刚刚到”的样子。很多年后一次老朋友聚会，我说出了真相，在座一位当年是男朋友的听了，乐不可支，大笑说：“太感动了，太感动了。”

他的感动让我现在等人等得无怨无悔，只是有点遗憾，我这美德没人称赞，还成为取笑的对象。“可怜的急惊风，你又等了很久啦！”朋友常在迟到时毫无愧色地对我这么说，没有歉疚，只有乐子。

写于2009年7月

他们唱北京

去听了一场演唱会，叫作“我唱北京”。这里的“我”是一群洋人，来自世界各地的歌剧演员。在这场演唱会中，他们唱出一首又一首特别牵动海外华裔游子情的中国歌曲——《黄河颂》《你是我，我是你》《我住长江头》《我爱你中国》等。

演唱的并非全属中国歌曲，也包括西洋歌剧中的名曲。演唱者中也并非全是洋人，也有几位中国人。他们有个共同特色，那就是都很年轻。演出的安排很是有心，尽量让洋人唱中国歌，中国人唱西洋歌剧。

著名的华裔男低音歌唱家田浩江，是这场演唱会的幕后推手。他除了歌剧，更越界发挥才华，写了自传《歌剧人生》，演出一人秀，还和台湾的电视制作人王伟中合作了《短波》。为了筹办“我唱北京”，他在各地甄选歌唱家，然后又把他们安排到北京集训。以美妙的歌声达到别致新鲜的文化交流。

听众中华洋参半，我们座位的前后左右都有熟人。听众情绪极为热烈，每一曲终，叫好声四起掌声不绝。唱哈萨克族民歌的西洋女歌唱家，载歌载舞，全场为之轰动。我最喜欢的则是黑人歌唱家唱的《那就是我》，音色奇美，情感丰富。坐在我后面的老先生，站起来叫好。田浩江上台谢幕时，他大叫“向田浩江致敬”，是绝对的粉丝了。

写于 2013 年 2 月

龙不见了

华人聚集的法拉盛，各色各样的文娱活动越来越多。有个基督教组织每天开课，课程密密麻麻，有健身的、手工的、电脑的、iPad 的、学英文的、讲古典诗词的等。还开了书店，书架我环顾过一次，当然卖的都是宣传基督教的书籍。我常光临的是书店附设的雅致舒适的茶室。

我考虑要去上 iPad 的课，还没付诸行动。倒是没经考虑，每个星期五早上都去听宣树铮的诗词。这是个冷门课，我刚参加的时候，只有八九个人，现在二十来人的小课室已经坐满了。宣树铮讲课有点像叶嘉莹老师，非常投入，一副要与人分享自己喜爱的做派。讲典故就像讲故事，极尽生动之能事。这几个星期在讲辛弃疾，把那一段历史也交代得让我们都了然于胸。

上星期五，新的讲义复印好送到他手上时，他先皱眉头，后笑笑分发给大家。他给我们指出那首叫“水吟”的词牌。没听过这样的词牌啊。他笑说：“龙不见了。”要我们在中间加个“龙”字。还有一首更奇怪，词牌只有一个字“蛮”。他让我们在前面添加“菩萨”两字。

事后我才知道，是复印时讲义被动了手脚。替他复印的那位工作人员解释，“龙”在基督教教义里，是恶的、危害人的，所以不能印出来。至于“菩萨”，那就当然更不能出现啰。该生气还是该笑呢？

写于 2015 年 3 月

诗之笔

王鼎钧先生送我一支铅笔，要我用来写诗，他说：“铅笔好，写错了可以擦掉。”圆滚滚的笔身，淡淡的木头原色。笔身上印了深咖啡色的一行字，那是引自王先生的诗：“只要天空还有一抹蓝，就有诗。”笔身末端另印了同样咖啡色的四个字：“齐东诗舍”。

那里原来是日据时代文官的宿舍，光复后成了前空军总司令王叔铭的住所。近年，台湾当局重新利用历史建筑推动文艺活动，有心的企业家捐款集资赞助，于是有了齐东诗舍。成立后办的第一个活动是“诗的手迹特展”。特展和后来发行的集子，都用了王先生这句引言。后来还办了许多活动，关于余光中的、管管的等。铅笔是那里特制的，赠送给附设的咖啡厅的顾客。王先生特地托人买来，送这里的朋友。

王先生一向关注现代诗的发展，鼓励诗创作。他常跟我们说要举办诗朗诵，而且要采取多样化，把诗送到别人的耳边眼前。他若在报章上读到好的诗篇，便写信给编者，表达欣赏并向作者致意。他和南京诗人黄梵，就是因此而结了诗缘。黄梵应邀来纽约朗诵时，他约了我们和黄梵欢叙。黄梵一辑写台北的诗，读得我心醉，恨不得自己是土行孙土遁到台北。

刚刚我发了一封电子信向王先生致谢，他送的铅笔给了我灵感，已经写了诗，还在继续写。

写于 2015 年 3 月

在图书馆中

法拉盛的餐饮对此地华人最具吸引力。我认识的留学生，哥大的、纽约大学的、市立大学的，几乎都说想吃中餐就去法拉盛。小朋友小吴带着我，这里吃广东菜，那里吃东北菜，另外指点我喝珍珠奶茶的铺子。我的小姑晓兰才退休几个月，已经成了美食专家。我们今天直奔她介绍的美食广场，吃陕西油泼面和台式梅干菜饭团。

吃完，老公沛然去邮局，我进了图书馆。法拉盛图书馆的吸引力不下于美食，这里中文藏书多，报纸多，杂志多，有些住在附近的华人天天来此报到，所以常常座无虚席。有次我拿了几本书想先翻翻再决定借哪些，结果只好去另一层楼找位子。我不知道别家图书馆中文书的情形，这里中译日本推理小说极为丰富。今天我特地挑选两本比较薄的，甲贺三郎和东野奎吾的著作。因为我幸运地找到了亮轩的《风雨阴晴王鼎钧》，这可是本砖头式的大书。

任何机器三天不使用，对我就成了新发明。我面对大黑箱子似的那个怪物发呆，有人跟我招呼，原来是阮先生，著名书法家。我立刻发挥见人便依赖的本性，说忘记怎么用这个机器了。他说容易，说到做到，拿了我的书一本本放了进去。我问他："书呢？"他大惑不解地说："已经都还掉啦！"我嗫嗫道："我是要借书啊！"两人先发愣，接着爆笑。

写于 2015 年 5 月

另一个人在西方倒下

诗人欧阳江河有名句："一个人朝东方开枪，另一个人在西方倒下。"有人说不懂，不符事实，简直荒谬。有人说这正是他的妙处，不信去读读王鼎钧先生的《诗烦恼》。王鼎钧在《诗烦恼》中，确实提到对这两句诗的解说，他写道："也有诗人言之成理，他们使用'荒谬'一词，世事荒谬，人生荒谬，合乎逻辑不符合事实，合乎事实不合乎逻辑，'一个人朝东方开枪，另一个人在西方倒下'，正是要你我感受世界的荒谬，最不合理的才是最真实的。”

我在此无意讨论欧阳江河这首诗，而是联想起曾经经历过一次这样的情景。而我正是那“另一个人”。

在台北一女中上初中时，大约是为庆祝校庆或者什么节日，我们班决定排演一出独幕剧，由陈朋老师亲自导演。对于别的老师我只称姓，唯独对陈朋老师，连名带姓一起叫，好像很不礼貌，其实是着意透着特殊的亲近。我在那个戏中饰演坏人，要被警察打死。正式演出时，在舞台上由于紧张，我站错了位置。警察一出场对准该开枪的方向开枪，虽然那个方向没人。我这个身处另外一边该被枪杀的也只好躺下死去，否则戏演不下去啊。正应了“一个人朝东方开枪，另一个人在西方倒下”，台下一片哄笑久久不散。幕落后我们在台上哭成一团。

写于2015年7月

第三辑 阅读篇

给孩子的诗

给孩子的诗

北岛送了我一本他选编的《给孩子的诗》，都是从中外名家的诗作里精心挑选出的作品。他在代序《给年轻朋友的信》中，提到一件有趣又有气的事。那是他儿子兜兜一年级时，带回一首要在学校朗诵的诗《假如我是粉笔》。那首诗把北岛的鼻子都气歪了，于是有了这个选本。真是坏事变好事。我非常好奇，很想一睹这首《假如我是粉笔》的真面目。

这本选集中的诗，我读得津津有味，所选的都是好诗，集中在一起读更是很过瘾的事。听说此书一问世，即洛阳纸贵，销路好得不得了。希望它带动的不是一阵诗风，而是持续经久的对诗的爱好。

这本诗集让我感到亲切，其中选了好些朋友的诗。中文诗中我偏爱周梦蝶的《九行》和严力的《还给我》。外文诗中我最喜爱谷川俊太郎的《小鸟在天空消失的日子》。说到“给孩子的诗”，我觉得这里选的绝大部分更适合少年读者，即初中学生。至于小学生，我相信他们一定会喜欢的应该是：俄国诗人莱蒙托夫的《帆》、芬兰诗人索德格朗的《星星》、日本谷川俊太郎的《河流》，以及以色列阿米亥的《嘎吱响的门》。

《嘎吱响的门》全文如下：“嘎吱响的门它想去哪里？它想回家去所以嘎吱响。可它就在家！但它想进屋。成为一张桌成为一张床。”

写于2015年3月

孩子写的诗

读北岛编选《给孩子的诗》，我想起孩子们自己写的诗。1972年，我联络许多台湾和海外的朋友，共同创办了《儿童月刊》。特别鼓励孩子创作，用很大的篇幅刊载他们的作品，诸如图画、连环图、手工、作文和诗。至今我还记得那些小朋友的作品，曾带给我们多大的惊喜。

就拿孩子写的诗来说吧，极可爱的就有许多许多。诗人林焕章编选的《儿童诗选读》，我不时翻阅，他选的诗和解说都精彩。这本诗集中，他也选了几首《儿童月刊》中小朋友的作品，林于并的也选了两首。他称赞林于并的《喷射机》想象出奇，又能引起共鸣。他认为“太阳是卖火的/飞机是买火的”这样的话，只有天真的小孩才会想到，才能说出。

《儿童月刊》创刊于五月，正逢母亲节，那一期的主题便是母亲。林于并写了一首亲切可爱的《妈妈的脚趾》：“妈妈的脚趾，是株含羞草/用我的手指向她的脚趾搔痒/她的脚趾就羞羞地缩了起来/手指一松，脚趾又挺回来。”

林于并当时在彰化的小学读四年级。他常给《儿童月刊》投稿。我收到新一期的刊物，不自觉地会先寻找他的名字，先读为快。一直到现在，读到令我欣喜的孩子写的诗，我就会想到他。不知他现在在哪里？做什么？还写诗吗？

写于2015年3月

刘荒田新书《美国小品》

《美国小品》是刘荒田的第几本书，我不记得了。荒田笔耕不辍，难得的是多而好，从《美国红尘》中的假洋鬼子系列以来，有二三十本了。

《美国小品》每篇都在千字以内。汪曾祺说过，短是对读者的尊重。这就意味着，短要短得有意思、有情趣、有品位、有风格。所以我觉得小品跟散文比起来，更直面性情。不知是否想法相同，荒田在写这些小品时，越发讲求构思与表达。《约》里面因老友失约于樱花，他发出一串感触："失约的是婚事，以结婚证作证；失约的是爱情，由听到旦旦信誓的月老作证；失约的是友情，以照片或书信作证；失约的是亲情，以墓碑作证。失约的是樱花，无所对证，也年年对证，在花信里，每一片盛开的花瓣，以洁白的薄唇提醒你。"这些相互对照的排比句，句子里的节奏，敲击我们，捕捉到我们所有的感知，意识上的意识下的全被调动起来。

我更欣赏的则是《胆大包天的鸟》这一类冲淡作品，喜欢那份从容。现代生活忙乱，我们整天跟时间赛跑，这篇文章呈现的恬静和与万物一体的友好情愫，洗涤我们的精神，读后让我们获得心灵的舒畅。荒田家的山茶树上出现了一个鸟巢，从此，他经过鸟巢，"不敢拨开树枝，只从树叶丛瞄瞄小巢。对小鸟夫妻自是怀着深深的感激，感激它们对我家的信赖，对人类的信赖"。

写于2009年8月

告别好诗

2012年台北诗歌节，有人提问什么是好诗。这一问，触动了许赫早已潜藏在心中的疑惑。他发现那些被标示为好诗的作品，往往晦涩艰深，跟一般读者拉开距离，甚至建筑起一座高墙。面对这样的诗坛状况，他宣布要告别好诗，从此追求通俗方式的书写，创作给一般读者、亲朋好友都能阅读的“普通的诗”。

台湾的新诗，最初形式口语化，但是仍不乏含蓄、典雅、浑成、意在言外的诗质。许多现在著名的大诗人，使是从这条路上走过来的。现代诗的作者，跟所有其他类型文学的作者一样，从创作中自然而然地引发出对意象的营造。后来西方文学的影响，更加促进了现代诗作者对想象力的追逐战。无论用字、造词、排句，都力求新奇，着意地形成陌生感。产生的好诗固然多，不过夹泥沙而俱下，不免出现许多不知所云的文字。柏杨讥讽为“打翻的铅字架”。

有人担心许赫提倡诗的俗化，“会使富暗示的概念愈来愈少，间接造成联想与想象的贫血”。说得很有道理，我却并不担心。一种新观念提出，为了引起关注，总会表现过激。然而从书写中必然会逐渐调整。我只阅读了少许许赫的诗，觉得他的关怀贴近现实，视野开阔。今年回到台湾，一定要买他的诗集来细读，特别是新出的《原来女孩不想嫁给阿北》。

写于 2014 年 7 月

东野奎吾的《秘密》

小学五年级读到《福尔摩斯探案》，就此爱上了侦探小说。后来最着迷的是英国和日本的作品。不记得从何时起，这类小说的称谓，从侦探改成了推理。改变后的名称赋予作品新的魅力，推理两个字不但增加了读者的参与感，而且让人感到书写的范围无限扩大。

东野奎吾是日本当今最红的推理小说作家。推理小说的读者几乎都爱故事，而他正是个中高手。无论什么题材，日常生活的、科学技术的、幻想玄妙的，他信手拈来都成了精彩故事。《分身》写的是生物复制造成的悬案，《名侦探守则》竟然是以幽默手法来颠覆调侃经典侦探小说。

1985年《放学后》，因获得江户川乱步奖令他名声大噪。但是成为真正的畅销作家，却是在1999年《秘密》问世以后。

《秘密》写的是一次车祸中，由于母亲的护卫，女儿完好地存活下来。然而女儿身体里面的灵魂，却换成了母亲。这个表面上的父女单亲家庭，其实是由原来的夫妻维系，但是他们又不再是原来的夫妻了。妻子进入女儿的角色，上学交友，而丈夫在妻子的照顾中面对的是女儿，一天天长大的女儿。就在女儿长大成人之际，又出现了神秘事件，女儿的灵魂归来，妻子渐渐消失。可是，真的是这样吗？整个过程中，亲情冲突、爱情纠葛，读得人心碎。

写于2015年9月

龚孺萍的昆虫诗

莉莉刚从上海来这里，8 岁的小人家能说善道。她说会背许多诗，经我要求，她背诵了一首：春眠不觉晓，处处蚊子咬。夜来大狗熊，看你哪里跑。她看我大笑，就问我是不是好诗。我说这么好玩，当然是好诗。她立即把我当成自己人，告诉我：“我喜欢好玩。好玩的诗我一下就背得了。”

沈三白在《儿时记趣》中，写他小时候对着帐子里的蚊子喷烟，作青云白鹤观。他神游其中，悠然自得。

写童诗的诗人都是保持了这般童心童趣。他们与孩子亲近，能进入孩子的内心世界，而又具有把这类感受表达出来的才能。童诗不仅注重画面美，引动孩子的联想，而且也注重音韵，好让孩子朗朗上口，并且在趣味盎然中，增进孩子的知识。

南京的龚孺萍就是这样一位善写童诗的女诗人。近日，她写了一组关于昆虫的童诗。在《白蚁》中，她借用白蚁对老木匠说的话，告诉孩子白蚁“不吃鱼不吃肉，只想吃你的大木桌”，还说“吃柜子吃地板也不错”。但是写《枯叶蝶》，她的笔触变了，充满怜惜与同情：“一片叶子飞了起来/这没什么大惊小怪/只要有风/什么都能飞/哪怕是房子一排排/可是如果一只蝴蝶/被当作烂树叶扫走/有谁知道/它小小的心/有多悲哀”。

写于 2011 年 7 月

三位一体

这里我要谈的三位一体，不是指基督教中的圣父、圣子和圣灵。这套理论在他们的信徒中众说纷纭，至今争辩不休，而我对此亦不甚了了。

吴学昭执笔、杨绛口述的《听杨绛谈往事》，两位老太太的絮絮叨叨，太吸引人了。起初读的时候，我觉得杨绛未免太赞誉自己、丈夫和女儿了。可是仍然放不下手。因为吴学昭的书写，让我如闻其声如见其人，一个温柔而坚韧，认真而豁达，聪慧而厚实，并且永远不失幽默的杨绛，活脱脱出现眼前。我终于明白了，杨绛才高气不大，处处体贴人，家事外务一把抓，虽是谈自己，应该理直气壮感觉良好。钱钟书文采斐然，学问渊博，风骨清朗，虽是丈夫岂能不赞？钱媛天赋高，肯吃苦，事业有成，自律甚严，如此掌上明珠怎能不誉？杨绛的赞誉中，表现出她眼中的丈夫与女儿。

女儿眼中的妈妈最可亲可爱，爸爸则是好玩伴。那么丈夫眼中的杨绛呢？这里我就要言归正传来谈“三位一体”了。钱钟书在他们保存的《人·鬼·兽》的样书上，题词赠书杨绛，如此浪漫贴心地形容她“绝无仅有的结合了各不相容的三者：妻子、情人、朋友”。他们共同生活的幸福，溢出书外。杨绛强调他们夫妇是朋友，说交心而知己，定然融洽和谐。愿天下有情人都是朋友！

写于 2012 年 1 月

伊迪丝·华顿

1月24日，是伊迪丝·华顿诞生的150周年，各地举办许多纪念活动。她在麻州的故居，以建筑设计华美著称，特别对外开放，让她的读者得以亲近她曾经生活过，且从事过创作的环境。耶鲁大学出版社将推出她写给家庭教师的书信。Viking并出版社紧跟着，则会发行一本根据这些信函创作的小说。

因为她出生纽约，纽约人对她更是热情，在中城的文学之家，举办了一整天她作品的马拉松朗读，全部朗读都由女作家完成。

她出身名门望族，熟悉当时美国上层社会的生活。她的作品很能反映这个特定时代、特定社会阶层的生活习俗，因此有了风俗小说家的称号。她的《纯真年代》，使她成为第一位获得普利茨小说奖的女性作家。

她的才华却远超过这个范畴。《冬日残梦》（*Ethan Frome*）取材贫穷农村底层人的生活。她深刻的观察，细腻的描述，生动地呈现出不同于《纯真年代》的、另一类人的人生追求、情爱和失落。

她的小说多次搬上银幕，《纯真年代》《欢乐之家》都深得观众喜爱，获得很高的评价。

我纪念这位卓越女作家的方式，是重读她的作品，正在读《纯真年代》。《冬日残梦》《欢乐之家》都不适合冬天，太伤感了。

写于 2012 年 2 月

《梅冈城故事》的续集

等了55年，真是望眼欲穿，终于听到楼梯响，虽是姗姗来迟，毕竟就要出现在我们眼前。

1960美国南方女作家哈帕·李（Harper Lee）的《梅冈城故事》（*To Kill a Mockingbird*）甫问世即轰动，旋即出现各种文字的译本。台湾的中文译本叫做《梅冈城故事》，此译名沿用至今。后来搬上银幕，由红极一时的格利高里·派克主演。当时正是大学生的我们，先睹为快地读了小说，又蜂拥前往电影院。至今一想到这部片子，立即出现在脑海里的不是英俊的男主角，而是那个叫斯科特（Scout）的小女孩。

《梅冈城故事》叙述的是种族歧视和社会不公，娓娓道来，没有激昂的嘶喊，却更有穿透力。是故，数十年来一直畅销。作者哈帕·李生活注重隐私。读者粉丝盼望她有新作，盼望久了，不是失望，而是接受事实。围绕她的亲近友人，都知道她还有一部作品。

她的这部作品叫 *Go Set a Watchman*，叙述斯科特长大后回到故乡探望父亲的事情。报导中都说这是《梅冈城故事》的续集。事实上此书写作在前。当年哈帕·李在编辑指导下抽出其中部分，发展成《梅冈城故事》。所以针对《梅冈城故事》来说，新书既是续集，又是前书。

写于 2015 年 2 月

再谈《梅冈城故事》的续集

《梅冈城故事》的续集，叫 *Go Set a Watchman*，七月出版发行，印刷 200 万册，已有许多粉丝预订了。

此书怎么被发现的？哈帕 · 李原来说过要在身后再出版，怎么改了主意？续集也会写得像《梅冈城故事》那样动人，立即就成为经典吗？关于这些问题的讨论，还不断在报章上出现。

哈帕 · 李的律师在一堆旧稿中发现这本续集的稿子。据说，哈帕 · 李原本无意出此书，几位有幸先读过的友人，向她保证是好作品，值得出。哈帕·李显然被说服，欣然同意出书。好心肠的粉丝觉得，哈帕·李一直远离文坛，如今已经88岁，既然她欢喜，那就该按照她的意愿出版此书。

还有些粉丝关心的是此书的可读性和艺术成就。有位从事整理档案工作的粉丝说，根据经验，很少在作家废弃的文稿中淘到金子，多半废弃的就是该废弃的，但愿这次是个例外。

哈帕·李说，当年编辑让她摘取原来书中童年回忆部分，重新写成《梅冈城故事》。她那时是新手，一切听编辑的，叫她怎么写便怎么写。这位造就了一本文学经典的编辑，定然了不起。同时我也相信，哈帕·李必然文采斐然，才能接受点拨，发挥自己。我想到的是，把两部作品比对着阅读，一定乐趣盎然。

写于2015年2月

孙频的《无相》

林子喜欢看小说，常介绍一些有意思的作品给我。这部孙频的中篇小说《无相》，正是她所推荐的。叙事、情节、人物都很简单，着重的是人物内心感受，可以说是一篇心理小说。于国琴是位来自吕梁山的穷困女大学生，廖秋良是资助她日常三餐费用的孤独退休老教授。于国琴参加学校的勤工俭学，被分配到廖秋良家做家务打扫卫生。

两位主人翁的年龄、社会经验和地位、处身成长的环境都相去甚远。两个普通的善良人被施与受的关系缠绕，失去正常交往的时空，一方感觉到的是不解与失落，另一方则是沮丧、烦恼，甚至恐惧。

老教授想了解女学生，问及她的家庭，她挑选了最痛心的习俗详细地讲述。吕梁山由于贫穷，许多已婚妇女便用最原始的方法挣钱。她们做生意时不避讳家人，大家共存在同一空间。她的母亲也是如此。她心里烙下了印痕，总想要和养家的母亲割裂划分。在教授家做工，若隐若现地让她感到，他们之间的关系形同买卖。老教授输送善意的行为，更加重她的心怯。老教授额外给她的钱，没有带给她欢愉轻松，而是深深的罪过。每次做完工离去时，她都飞跑回学校。她一心逃离。

作者孙频的构思和书写都很精致，把一个平常的问题，激化地展现，却非常具有说服力，而引人深思。

写于 2015 年 4 月

《枯山水》

《枯山水》是刘大任去年年底出的新书，因为其中有些作品，我有幸先睹，所以特别亲切。阅读时我感觉到他的散文，尤其是散文似的小说，像《晚风习习》《细雨霏霏》，都似乎是这一系列短篇的铺垫。这两篇小说，既是从他自己的生活引发，又如王德威所言，带有民族寓言的色彩。他的笔触深远，表层叙述的下面，蕴藏多层次厚实的内涵。

《枯山水》令人想到“禅”，想到他可能受到禅宗的影响。他说只在大学时代，因为哲学系可以申请佛教奖学金，一学期500台币，曾经找了些佛书、禅书来抱佛脚，写了篇论文。而至今他对宗教始终不太投入，反而是对自然科学的书籍很感兴趣。提到《枯山水》中的“枯”字，他认为可能让人误会。他说日本禅寺的“枯山水庭园”，虽然没有花木与水，却一点也不枯，反而质地、纹理、脉络和气象都很鲜活。

他向往柳宗元《渔翁》中那句“岩上无心云相逐”所表现出的“自由自在”的意味。英国的盆栽专家陈耀广（Peter Chan）的《盆栽的奥秘》中，对盆栽设计原则的总结，则在他落笔书写时，真正触动了他。比如简朴、安静、自然、摒弃流俗，不对称中取得和谐，以及暗示无限的空间。他希望能做到像盆栽那样缩龙成寸，蕴含大千世界。

写于2013年7月

浅谈詹姆斯女士

我喜欢读推理小说，特别是日本与英国的作品。奇怪的是，我中意的日本作家都是男的，像松本清张和东野奎吾等。而英国作家则全为女性，如阿加莎·克莉丝蒂和新近逝世的詹姆斯女士（P. D. James）等。克莉丝蒂和詹姆斯女士，先后拥有“谋杀之后”的冠冕。

詹姆斯女士在文学上的野心，原来并不在推理小说，而是在严肃的纯文学。其实严肃的文学创作作风，一直保持在她的推理小说之中。

《盖住她的脸》（*Cover Her Face*）是她的第一部作品。这本书甫一问世，就获得诸多好评。于是沿着这条创作之路，她越写越有信心。同时她也感悟到，推理小说的创作，一样拥有广大的文学潜力。好的文学作品不分类别，好的就是好的。谁能否认葛兰姆·葛林（Graham Greene）、松本清张的作品不是上乘文学呢？

她在职场上也是位女强人，曾在医院和警政界工作，还曾官拜内政部犯罪防治署署长。这些经验对她的创作，必然有很大的帮助，凸显她推理小说中场景、程序的真实性，增强故事发展的说服力。

最有意思的是，她塑造的神探亚当·戴立许竟然是位诗人。这位诗人警探，既具有诗人的特殊敏感，对人性观察的透视力，又不失警探应有的硬汉作风。

写于 2014 年 12 月

书的寂寞

隐地是作家，也是出版家。他在《写给某作家的一封信》中，提到“人和书，随着科技年代的来临，似乎更近也似乎更远，有人已经三五年未进过书店，书店关门的多，开门的少……”。他指出根本问题是：书没人买了。30年前他的《心的挣扎》，卖过10万本以上，10年前能销售一万本算畅销，现在卖到1000本，就难能可贵了。

我在台北最爱的事，是和郭珠逛诚品书店，群书环绕中，两个人挑选几本书抱在怀里，顿时觉得生活充实了许多。迟钝的我，没有注意到隐地文中点出的现象——零星散布的书店越来越少了。读到这里突然心惊，想起纽约的“世界书店”，已从原来的三家减至一家了。我怎么这般无感不觉呢？是因为硕果仅存的那一家离我们住处近，我照旧经常光临之故吗？

隐地以出版家的身份，无奈地向想出书的朋友陈述，“大多数只印几百本，甚至几十本，所谓依量印刷，印出来只有送朋友，根本到不了书店”。他还说新书能销出1000本就算庆幸，初版1500本，书库里面至少存五六百本。这样的话，我想干脆依量印刷也罢。印出来库存的给人添麻烦，书本身也可怜。我想起痖弦的短诗《寂寞》：“一队队的书籍们/从书斋里跳出来/抖一抖身上的灰尘/自己吟哦给自己听起来了。”

写于2014年12月

《幸福食光》

傅易易在朋友圈中素有女超人之称，里里外外一把抓。职场上是强者，家务上是能者。特别是她的厨艺，我们吃得尽兴之余，又想学手艺。于是在诸多好友的千呼万唤下，易易的食谱终于要问世了。食谱取名《幸福食光》。

前两天，易易发来部分编排就绪的食谱，让我先睹为快，因为我也是她食谱的大力推动者。我的理由是双重的，嘴馋之外加眼馋。易易的食谱叙述清楚，有条不紊。另外一个特色，是她文字优美，食谱之前往往搭配一篇极好的小品文，说时令，谈典故，论营养。

在《荔枝带子》这篇食谱中，她提到白居易对荔枝的看法，用杜牧的诗说段故事，还引介出一种台湾出的荔枝。她是这样写的：“唐朝白居易的《荔枝图序》里有：若离本枝，一日而色变，二日而香变，三日而味变，四五日外色香味尽去矣……淋漓尽致地描述了荔枝的娇贵。晚唐诗人杜牧的《过华清宫》诗里有：‘长安回望绣成堆，山顶千门次第开。一骑红尘妃子笑，无人知是荔枝来’……讽的是唐明皇为博杨贵妃红颜一笑，不惜劳师动众自海南千里送荔枝的事。”最后还提到，台湾称玉荷包的荔枝，就是传说中的“妃子笑”。

她的女婿是位摄影高手，书中他拍摄的图片，美轮美奂，看得人馋涎欲滴。

写于 2014 年 12 月

文坛嘉宝沙林杰

《麦田捕手》（*Catcherinthe Rye*）的作者沙林杰，1月27日逝世。这位远离文坛，离群索居，有“文坛嘉宝”之称的怪杰，再度成了热门话题，无论是他的生平还是作品。

1951年，《麦田捕手》问世，立即造成捕手热，反应两极化，既被列为禁书，又被选为教材。此书充分反映了叛逆少年的焦虑，淋漓尽致地描绘了成人社会的虚伪。它不但吸引当时的青少年，至今每年仍然销售20多万本。书中主人翁霍尔顿，成了那个年代年轻读者的偶像，他爱不释手的红色猎人帽，也因而风靡一时。然而，1965出版一部中篇之后，他就再也没有作品问世。

1950年代中期，他迁居新罕布什尔州，一直过着隐居的生活。他采取这样的生活态度，从《麦田捕手》中可见端倪。书中主人翁霍尔顿向往的是离开人群，"反正只要没人认识我、我也不认识任何人就行。我打算到了那儿，就假装又聋又哑，这样我的下半辈子就再也用不着跟人说话了……"。

这位畅销书作者，极端维护自己的私生活，不与外界接触，不接受采访，只愿以作品示人。他这样紧守自我的做法，在讲求特立独行的环境中，竟被视为怪癖，也就难怪他作品中对现世极尽嘲讽。

写于2010年2月

浅谈极短篇

我喜欢极短篇，因为最适合随时随地阅读。它除了短小，具有小说的一切条件：悬念、误解、惊变、巧合和突梯等。这种文体，在我们的文学宝库中十分丰富。这里以《聊斋》中《骂鸭》来谈谈。一个人偷了邻居的鸭子，吃了后全身长出了鸭毛，一碰就痛。夜里梦到神仙指点他，只要被偷的邻居骂他，他的鸭毛就会掉下来。这个人想了许多花招，叫他的邻居骂偷鸭子的人，偏偏邻居气量大，觉得鸭子丢了就算了何必骂人。

弄得这个人最后只好实话实说，不肯骂人的邻居才破例骂了他。讽刺而又滑稽突梯，真希望现实中多一些这样幽默的神仙。

历来说到极短篇，一般总认为它的主要载体是一个故事，并且力求出人意表，像前面提到的《骂鸭》。但是，写过100多篇极短篇的日本作家川端康成，并不以情节为重，而是精心营造具有诗意氛围的情景和意象。台湾女作家罗英的《上釉彩的心情》，短短的500来字，一反对情节的追求，用诗的笔法，描绘一个爱好陶器的女子，那种物我浑然成为一体的心境：“女人偶然间瞧见自己的心情上了釉彩，自己身体内外都是陶制的，坚硬而且不再变形。她肯定这个想法而且很是高兴。她对自己说，宁可是陶而不是人”。确实近年大批华文极短篇，因为偏离了“故事”的追求，而拓展了创作的形式与内容。

写于2010年2月

我看小说

谈小说还会提到故事，今天可要叫一些人嗤之以鼻了。而我读小说的时候常常沉醉于故事，深深被它吸引。《三国演义》中的空城计，让人一读难忘，而且津津乐道。虽然考证出不真实，但是掩盖不了它的文学光彩。《金瓶梅》借着美丽轻佻的宋惠莲，体现内有的贞操，情节生动，节奏活泼，发展却大大出人意料，又叫人感到无比的真实。难怪孙述宇说："宋惠莲的画像，让我们看见《金瓶梅》的写实艺术多么认真。"

阿城在《树王》中，关于看连环画的描写，深得我心。那是一个破本子，没头没尾的一段“宋江杀惜”。书里这样写：“我突然觉得革命的几年中原来是极累的，这样一个古老的杀人的故事竟如缓缓的歌谣，令人从头到脚松懈下来。”是的，我爱故事，也往往是寻求这样一片轻风徐来绿荫满地的歇息处。

虽然这么说，然而没有故事的小说，有时还真叫我不得不喜欢。维琴丽亚·吴尔芙的《未完成小说》，我们当代作家韩少功的《诱惑》，台湾女作家罗英的一些极短篇，呈现的似乎都是光色线条，但是那些不攀附在情节上的字句，偏偏最能触动读者沉睡中的感知。读着这样的小说像遇了仙，得了道。我会迷失在心灵的窗口，别人的、自己的。

写于 2010 年 3 月

极短篇中的好故事

有人根据一粒沙里可以看见一个世界的说法，总在极短篇里面讲求微言大义。我不是反对，也不是说绝不可能，而是害怕过分认真这样，会误踏上一条说教的道路。不过微言大义的极短篇确实有，而且非常精妙。比如大家熟知的禅宗故事，讲两个和尚过河，碰到一位羸弱的女子，其中一个和尚就背了她过河。后来，另外那个和尚指责他，说他做了不守礼法的事。背负女子过河的和尚回答道：“过了河，我就把那个女子放下了。怎么你还没有放下呢？”

《洛丽塔》的作者纳博科夫诠释小说：那是一个人叫“狼来了”，而狼没有来。我们当代作家中，最会叫狼来了而不见狼来的，是前几年去世了的汪曾祺。他笔下最不动声色处，往往最动人心。他有一个极短篇叫《职业》，写一个卖零食的小孩儿，总在放学时，到校门口叫卖，时常惹来一伙儿跟他差不多大的孩子，学着他的吆喝取乐，他总是一本正经不予理睬，一个劲吆喝叫卖做他的生意。可是一个节日他去走亲戚，穿了一身新衣服，快乐地走着，经过校门口，看看四周无人，他竟然也像那伙学他叫卖的小学生那样，怪腔怪调地吆喝起来。这样把一个平常工作认真到大人气的孩子，在节日的欢乐中还原了孩子身份。他这时表现出的天真顽皮，叫人又爱又心疼。

写于 2010 年 3 月

《双嘉行》

20世纪80年代初，我们从日内瓦搬回纽约，我也立即回到《美洲华侨日报》继续编辑副刊。第一天上班，我在办公桌的抽屉中发现了许多诗稿，其中不乏佳作。最吸引我的便是吕嘉行的作品。我写信向他致谢并邀稿，从此他们夫妇都非常支持我们的副刊。

吕嘉行、谭嘉，他们贤伉俪的名字中，都有一个“嘉”字。《双嘉行》便是因此而得名。集中收集的是嘉行的诗作，封面设计和题字则出自谭嘉之手。嘉行说，这些诗是写照他们俩过日子的点滴。

1987年的《吕嘉行诗抄》，以叙事见长，行文活泼并颇富情趣地反映了现实。《粗心的圣诞》看似平实，却是越读越有味道，用略带谐趣的陈述，道出我们久居异地侨民的心情，言近旨远，像是含了一颗清香的橄榄在嘴里。这里引最后两句，最后一句是点睛之笔：当圣诞节也可以那么轻易地被遗忘/我已生活在自己的家乡。

《双嘉行》中诗风没有变，只是更加散发出陈酒的芬芳。《阳光海岸》平常地体现很不平常的幸福心情：有人把月亮当情人/水是一种心情/饱餐之后/我们继续在一号公路上奔驰/你不觉得吗？/老俩口这么开车挺浪漫的。

身为好友，我读着这集子中的诗感动而又欢喜，非常珍爱他们这本手工自制的诗集。

写于2014年6月

《无知之书》

《无知之书》是本诗集，是本打开就会读下去的诗集；是本读下去就会喜欢的诗集。作者浪子，从 20 世纪 80 年代中期开始写诗，出过诗集，也编过诗集，我却是直到最近才偶遇他的作品。

诗集的封面左上方是作者的素描，很见个性。右边中间四个指甲般大小的题字“无知之书”，是弘一法师的手笔。书名上面是作者的名字：浪子。诗人名字的字体，似乎比集子中诗作的字体还小。封面上最多的是留白，和诗作的风格很是契合。

诗人在精短的《前言》中说：诗歌是靠文本说话的，我一直如是认为，重要的并不是写什么和怎么写，而是你写下了什么，呈现出了什么。那么，我们就来看看他写下的和呈现的。

最先出现的是《镜像》的插图，前面是空白的两页。也许尽在不言中，也许留给读者去补白，既可能是对读者的邀请，也可能是挑战。后面的六组诗，也都如此安排：留白、诗作和插图。不知作者收到了多少回应？

最后引一首他的短诗《它的旅途我不想中止》：

它的旅途我不想中止。
我通过诗章将沉默带给你。
因为我懂得：沉默我想你会懂。
我流传的诗章在你的面前，
将失去隐喻的权利。

这本诗集的特色在留白，留下无尽的余音袅袅。

写于 2014 年 7 月

王昆仑的《红楼梦人物论》

王昆仑先生在他所写的《红楼梦人物论》中，有许多精辟独特的见解。

他借着黛玉和宝钗交好后显示亲密那一段，来解析他们的三角关系。他说宝玉看在眼里，态度很冷淡，“这不是作者的疏忽，而是表现宝玉对人事并不同黛玉般浅薄；他对宝钗很有其根本的理解，毫无误会。宝玉和黛玉之间常闹别扭，而和宝钗从没有当面怄过气：这说明宝玉和黛玉是本质一致，而形式上冲突，宝玉和宝钗是形式上谐和而本质上矛盾。"

史湘云几乎是《红楼梦》读者普遍最喜爱的人物。王昆仑也说她一出场会让人"顿然觉得眼前一亮，心胸开朗，要深深地吸一口气"。然而他也指出，史湘云虽然写着和黛玉一般品味高洁的诗，却有着和宝钗一般的作为，比如劝宝玉去和贾雨村打交道。从这些可见出，她身上有不调和的色彩，并且体现出"思想不统一，感情也缺少深度，不能真正成为宝玉衷心系恋的知己"。

他极为概括地说："《红楼梦》作者对于凤姐、宝钗、探春、平儿、袭人是采取政治史的写法，而对于黛玉、晴雯、司棋、芳官、尤三姐却是几首极哀艳的诗篇。"读着他这样体察书中人物内心活动和精神底蕴的文字，深深感觉到隔着悠悠的岁月，王昆仑和曹雪芹是心心相印的。

写于 2009 年 9 月

《芬尼根的守灵夜》

一则文讯读得我惊讶不已。《芬尼根的守灵夜》的中译本，甫问世竟成畅销书，首版八千册，很快就卖完了。这还仅是全书的第一部分，大约占三分之一，要通览全书还得等上十几二十年。此书译者称完成这部分，花了八年时间。

爱尔兰作家詹姆斯·乔伊斯的作品除了这部，其他的如《都柏林人》《一个艺术家的画像》《尤利西斯》等，几乎都有中译本，而且不止一种。唯独他这最后的长篇小说，七十多年来，中文翻译一直无人问津。实在是因为此书艰涩难读，比《尤利西斯》犹有过之。

书中的叙述晦涩艰深，作者特别创造出一套梦呓语言，配搭不断出现的意识流，再加上文辞的独创，成就了一本非常难啃的作品。就拿作者创造的高长度单字来说吧，一百个字母组成的单字有九个，一百零一个字母组成的单字有一个。

对于此书一般评价很高，甚至有人认为趣味无穷。《罗丽泰》的作者纳博科夫则另有看法，批评书中想入非非的语言堆积成肿瘤，而浅显的隐喻则令人感到讨厌又轻佻。

译者戴从容在上海复旦大学中文系任教。她说没想到中译本会畅销，以为只有学者之类的人士感兴趣。

我对译者辛勤努力的工作心存感谢。我对此书畅销的社会现象却甚为困惑。

写于2013年3月

细节之中有神在

痖弦在电话中谈到《红楼梦》，说把读者迷得如痴如醉都是关于细节的描述，像吃螃蟹啦，写诗啦，斗嘴啦，逗笑啦等。当代作家中有种趋势，着力于细节的掌握，而对整个结构布局却不看重。日本女作家柴崎友香的作品正是如此，我越读越感觉到趣味无穷。

田晓菲在谈论《金瓶梅》的时候说过，“细节之中有神在”。在此书第二十三回中，潘金莲、孟玉楼和李瓶儿下棋，让输了的人拿出五钱银子来请客，吃烧猪头肉喝金华酒。她认为这样的写法，“便见得这是商人家庭的美人，不是士大夫家庭的美人；能写出美人着棋之后吃猪头，也正是《金瓶梅》的可爱之处”。用一根柴禾烧出猪头的蕙莲，也凸显出她的聪明、利落。

柴崎友香的作品，总是津津有味地描写她那一代人的日常生活。她的作品中，故事淡化到若有若无，更谈不上戏剧性的高潮起落。《我不在喀土穆》中所写只是赴宴，从一个到另一个。心情就用这类笔法展现：“‘好平和啊。’雪绘说道。虽说现在是冬日，但是被太阳照到的地方还是很暖和。天空，是蓝色的”。他们谈话的内容也都是最平常的，衣服的式样，或者付钱的收据之类。作者工笔细描地把读者带进所写人物的内心，几乎都是平和安逸的当下，一幅幅空灵淡远的山水画。

写于2013年3月

美丽的《花事》

《花事》这本短篇小说集，顺着时序，写了十九篇以花命名的人事。读完，我久久沉浸在文字芬芳的氛围里。作者在“缘起”里提到自己的一首诗，最后三行是：“我的文字 / 安静地坐着 / 穿着清洁的衣裳。”这样的情调弥漫全书。叙述时空交织，笔触则淡定，让读者体会而不是听取，甚至忘却了故事只留下诗意。这里的短篇几乎都是精品，在不经意处展现奇美的景致。

《玉兰》的开篇和结尾都写到荠菜。在在建筑公司从事开发的友根眼里，留过洋回来的城市规划中心的蔡总，“脑筋就像一只古玩店的老钟，松了发条”。蔡总不拆除土地庙，看见荠菜自言自语：“唉，这土地的记性比人类要强。”为了找出蔡总的软肋，友根请教古玩店的老板阿清伯，引带出阿良妻子的刺绣。那是蔡总喜爱的双面绣，一面紫玉兰，一面白玉兰。阿清伯说值五十万，告诉阿良妻子则是可以卖到一万。阿良跟友根曾经同住工棚，如今阿良病恹恹，靠妻子刺绣维持生活。后来阿良去世，友根看见他的妻子一身缟素走去土地庙，想到的是她总算有个哭男人的地方。终于搬进新建别墅后，友根总是看见，“精致的庭园里不断地冒出荠菜，好像是那失去了的村庄的鬼魂”。

作者卢晓梅曾留学美国，现居苏州，正在专心著作。

写于 2015 年 4 月

散文诗集《死与美》

谈起台湾的散文诗，一定会想到商禽和秀陶。2000年5月，收到秀陶的散文诗集《死与美》，我就把它一直放在床头的小柜子上，随时翻阅，不仅喜欢读里面的诗，也爱读附录的那篇他称为“简论”的宏文《简论散文诗》。

书拿到手上，我就被它美丽的外观深深吸引了。黑绒裹装，飞翔于夜晚天空的是一群金色雁子。书面上没有字，书名和作者的名字都印在书的背脊上。里页夹了一封信："既然是老朋友了，不妨把装订这本书的情形告诉你一下，背脊是真羊皮，黑布是我老婆的一条旧裙子，她既然穿不进去了，我便拿来剪了。装订的方法是念了三本 Bookbinding 的书学的。每一页都缝在三根 Tape 上面，应该不是随便会散套的。退休了，真好玩。"

认识秀陶是大学时代。他会玩，懂玩。他给我的第一个印象是口哨吹得好听极了。高大、胖墩墩的他，圆鼓鼓像小萝卜头的手指，竟能做出细致美味的好菜。至于谈起现代诗，他细说从头，提到的那些法国诗人，对刚写诗的我来说，是打开一扇扇通向诗苑的大门。

秀陶的诗很少有华丽的词句，那些平常的话语，在他的笔下便成了动人的、撩人的、迷人的诗句。他这样写《关于笑》："好在这是知难行易的事，除演员外，谁都不必对镜练习。"

写于 2015 年 5 月

橄榄桂冠继续召唤

慧如在电话中告诉我，台湾要再版《当世界年轻的时候》，这真是个令人欣喜的好消息。这本书第一次出版叫《橄榄桂冠的召唤》，那是2001年，由台湾人间出版社出版。第二次则是2013年由广西师大出版社出版。这本著作，是由倪慧如和邹宁远夫妇通力合作完成的。

1936至1939年间，西班牙发生一场民主对抗法西斯的内战。当时欧美许多国家，都宣称采取不干涉政策，实际则是或明或暗坐视法西斯势力的扩张。然而有远见的人民跟他们的政府采取不同的行动，他们从五十三个国家，突破重重禁忌、危险和困难，踏上西班牙国土，组成一支史无前例的国际大军“国际军团”。

慧如、宁远着手此书的重点，虽然是搜索参与此正义之战华裔人士的事迹，但是他们所写的，并不限于找到的十三位人士，而是更多不同国籍的人士。他们采访的那些提供数据的人士，本人就是参战者，自然而然也成了他们书写的对象。这样的写法，非常符合这个事件的国际精神。新版中，他们又增添了三位参战印度人士的事迹。

西班牙内战是人类历史上第一次，也是唯一的一次，诸多不同国籍人士为了信念、理想和正义远赴异国并肩作战。智利诗人聂鲁达这么写他们：你们是钢铁一样坚毅的鸽群，你们就是希望。

写于2015年6月

爱上缓慢

纷纷大雪，绵绵冬雨之后，总算太阳露了脸，却是满街脏雪污水。我连续几天没出门，妹妹问我是否感到无聊。我说一点儿也没有，反而另有一番乐趣。自己感觉像个大富翁，有的是时间任我挥霍，一切慢悠悠。慢悠悠地读几行书，慢悠悠地构思书写，慢悠悠地冲咖啡，慢悠悠地啜饮。

想起昆德拉的《缓慢》。在网上看到过一篇谈此书的文章，作者说读此书时才恍然，为什么读他的作品会有不思量自难忘的感觉。原来，喜欢的就是那份缓慢的感觉，那种没有功利伺伏，没有尘嚣浮动的悠闲。

昆德拉在此书中质疑：为什么缓慢的乐趣消失了呢？他提到捷克有句谚语：悠闲的人是在凝视上帝的窗口。他还提醒读者，不要把凝视的悠闲，和无所事事的郁闷与无聊混为一谈。他很珍惜这样悠闲的时间，因为这段时间正是创意的发端。

这本书中有许多关于缓慢的句子，令我读后难以忘怀：在缓慢与记忆之间，在速度与遗忘之间，有一种神秘的联系。缓慢程度跟记忆浓淡成正比。在这缓慢里，我相信自己重新体认出幸福的标记。

我正是在缓慢中体认出幸福，因而很感激这原本困恼人的严冬。刚刚妹妹又来电话问我在干什么。我回答她：正在窗口悠闲地凝视。

写于 2014 年 2 月

《耶律楚材》

陈舜臣是我喜爱的作家，耶律楚材是我很感兴趣的历史人物。陈舜臣的《耶律楚材》我怎能错过呢?

耶律履是金国重臣，本身却是被金国击败亡国的辽人。他的汉人妻子杨氏生下儿子时，他已然预见北方的草原将有新兴起的势力。由于他自身的处境，他感受深远，因此为儿子取名“楚材”。他对儿子是寄予厚望的啊。

我们的历史，记录了耶律楚材在蒙古军的高压下，为保全民众生命财产，为保护中华文明传统，做出的巨大贡献。但是陈舜臣笔下的耶律楚材不限于此，他认为耶律楚材是“为我们指引未来之路的一颗启明星”。他所说的“未来之路”，是超越民族和文化的差异，相互理解，友好共存。今天我们正处于因为民族、宗教、文化不同而引起争议甚至战争的年代。阅读此书感触多，联想翩翩。

书写耶律楚材和长春真人的道教集团之间的对立情形，陈舜臣发挥了他写推理小说的才能，提出新颖独特的见解。他把他们之间的对立解释成策略，说他们是订了密约。这和后来耶律楚材儿子加入道教联系起来看，也确实能成为一种说法。

陈舜臣是日本著名的华裔作家。他的推理小说、历史小说深受读者喜爱。近年他的著作，许多都已有了中文译本。他作为入籍日本的华裔作家，也许令他对耶律楚材，别有一番深刻的认识吧。

写于 2015 年 8 月

《两岸诗》

20 世纪 80 年代，台湾《创世纪》诗刊出了大陆朦胧诗的专辑，带动对大陆现代诗的兴趣与研讨。大陆那边，诗人流沙河也推出介绍台湾现代诗的《台湾诗人十二家》，这是他在《星星诗刊》所写文章的结集。我举这两个事例只为说明，两岸诗坛互动已有了相当长的历史。

去年 12 月，《两岸诗》推出创刊号，是第一次两岸诗人共同编辑的诗刊。它的出现，标志两岸诗人交流的新里程碑。大陆方面的编辑是黄梵、傅元峰、李倩冉，台湾方面的编辑则为林德俊、谢三进、洪崇德、许亚历等。刊物的具体方向和栏目，由黄梵和林德俊、谢三进商量，决定后分头执行编务。林德俊在《两岸诗声啼不住》中谈到，编辑工作虽然在理论上可以取得一致，而真正执行仍然存在困难。他举出，连某些词语的应用，也可能牵动敏感的神经。

非常有意思的是，创刊号的“编辑室语”共有四篇，各自体现编辑的视界与情怀。谢三进的看法是，“凡诗所在，皆有彼岸”，扩大了“两岸”极限。而傅元峰的“两岸世界，包含一种神奇的诗意的距离”则诗化了概念。

创刊号的内容也很吸引人。刊出一批诗人的珍贵手稿。介绍大陆地区和港澳台地区的诗歌刊物。推出《中坚诗人》，台湾和大陆各一位。译介诗歌，研究诗学，实录大陆地区和台湾地区诗学会议的讨论。此外还有《诗人日常》等栏目。

写于2016年3月

第四辑 纽约篇

那两只石狮子

那两只石狮子

儿子小时候对曼哈顿第五大道四十二街公共图书馆前面的两只石狮子非常感兴趣，每次经过都绕着它们转，抚摸它们，跟它们咕噜咕噜地说个没完。最后都要大声地叫道：“东东、西西再见。”

儿子第一次见到它们，第一个问题是它们的名字。我有问必答地胡诌道：“一个叫东东，一个叫西西。”还解释说，“它们一个守在图书馆大门东边，一个守在西边。”儿子时常要求去看东东和西西。好在我也爱去那里，坐在大门前石阶上看人。

没想到今天儿子向我抱怨，怪我给他许多错误的知识。我当然不承认，他举出石狮子的例子。他说它们的名字叫“持之以恒”（patience）和“坚韧不拔”（fortitude），而且它们坐的位置不是大门的东边和西边，是北边和南边。我道歉说，妈妈方向感不好，问他怎么突然变得有学问了。他告诉我，星期一《纽约时报》的日记专栏里面有篇相关文章。

文章中说，这两只石狮子经过多次改名，20世纪30年代，当时的市长替它们取了现在的名字，用以显示纽约人克服经济大萧条的坚忍精神。文章结尾提到，他有一天经过那里，听见一位祖父似的老人向两个小娃介绍，说它们名字叫“上城”和“下城”。我读了哈哈笑，原来吾道不孤。

写于2009年9月

大中央车站的遐思

阿新约我在大中央车站大厅见面，我到得稍早，又正值下班时间，身边行人如梭，一张又一张疲倦的面容。我的目光落到自动扶梯处，它像一股汹涌的黑色潮水。纽约上班族不知为什么穿着偏好黑色。我明知不会遇到那张脸，还是看得两眼发酸。很久以前我常在这里众里寻她地等小童，一起去吃碗日本拉面。面固然好吃，最快乐的则是分享一段自由自在的时光。

20 世纪 80 年代后期，这里是我和朋友约会最多的地方。连同办公室的人，下了班也爱约到这里喝酒。诗人严力和我常在这里对饮，他酒力不错，但是上脸，我笑他像龙虾，他笑我没照镜子看不见自己。那时我们住郊区 Scarsdale，那一带日籍家庭甚多。坐晚上九点多的车回家，车厢里有不少醉醺醺的日本男士。所以这趟车被戏称为"东方快车"。

就在靠近自动扶梯的地方，经常出现那位小提琴手，他拉琴的姿态快乐，琴弦滑落的音符也快乐。他和他的琴声让木然的脸浮现微笑。有人会特意在他身旁伫留。不断有人往他打开的琴盒里投掷钱币。有天报上刊出他演奏的消息，门票很快销售一空。我坐在音乐厅，虽然不认识前后左右的人，但是我想他们多半跟我一样是大中央车站的赶路人。

我还在想，有人拍我肩膀，阿新到了。

写于 2009 年 10 月

捂住他的嘴

写下这个题目，自己都觉得像是推理小说。因为我想起了英国詹姆斯女士的第一本推理作品，书名叫作《盖住她的脸》。至于这里的《捂住他的嘴》只是一篇短文，描述一刹那的情景而已。

法拉盛一个街角的小公园里，经常聚集一堆人，好几圈围得密密实实，越在外围的人脖子伸得越长。我每次经过都看到同样情形，甚至连寒冷的冬天也一样。有一天，我的好奇心实在按捺不住了，终于跟着感觉走，走近那堆人去看个明白。首先入眼的便是一个高大壮实的男人，一只手环抱住一个矮男人，另一只手则紧紧捂住他的嘴巴。我吓一跳，立刻往后退。我怕他们打架殃及无辜。身旁的老先生对我说：“没事，没事。我们在观棋。”

公园小石桌两位男士对坐下象棋，围绕的几圈都是看客，清一色男士。老先生一点拨，我马上明白是怎么回事了。果然，一切正如我所想象，老先生接着说的是：“观棋不语真君子嘛。”他指着那位矮个子男士，“他就是爱多话！”

梁实秋的《下棋》，我每读必乐。其中有一段写道，有人观棋喜欢边看边批评，如果不让他说，他“憋在心里，受病。所以有人于挨了一个耳光后还抚着热辣辣的嘴巴大呼‘要抽车，要抽车！’”。这天，文字演化成了动画。矮男人幸运多了，没挨耳光。

写于2015年10月

买玩偶

纽约街上卖玩偶的小摊贩近来增加了不少。他们跟遍地开花的九毛九商店互别苗头。一个摊子上放着两个胖嘟嘟憨厚的印第安人，是利用葫芦本来的形状绘制而成，一男一女。越看越有趣。“印第安人自己做的，真正手工艺品。”小贩说，看我爱不释手，又加了一句，“一个二十块。”

明明知道在摊子上买东西，有一条不成文的规定——漫天开价、就地还钱。然而，我不敢还价。我总觉得潜台词便是在骂人家撒谎。我悻悻然地离开那摊子。

午饭我吃得魂不守舍，忍不住跟加东讲起这桩没达成的交易。她听着眼睛发亮，精神大振地说："吃完我们再去买。"加东认为逛摊子买东西的乐趣就在讨价还价，一次交易成功，不仅仅是买到手一件想要的物品，而是获得了战利品。

加东拿着玩偶，翻来覆去地察看，然后漠不经心地问："多少钱？"指着我以为是特地点染的暗彩，"怎么这里有块黑黑的？"语气很不以为然。小贩说："那是因为手工做的才这样啦。"不再提什么"手工艺品"了，反而委曲求全讨好地说："一个八块钱啦。"我大吃一惊，就要冲口找他理论。随即又想：理论什么，难道要他恢复原先的要价一个二十块钱？加东还在继续杀价。

最后，八块钱两个。现在它们坐在我客厅的玻璃橱柜里。

写于2009年7月

漫步空中花园

古代的七大奇迹中，最引起我诸多想象和向往的是巴比伦的空中花园。公元前 6 世纪，他们的国王为患了思乡病的王妃所建。爱情更诗化了这座必然瑰丽壮观的花园。我只能在梦幻里游历，感觉非常美，却不明确。又怎能明确呢？至今没有发现它的遗迹。

曼哈顿西边沿哈德逊河的高地上一片残破的铁道，经过改造，化腐朽为神奇，成了占地20条街长度的公园。它高高在上，漫步其中可以俯视街景，于是有人称它为“纽约的空中花园”。我们何其有幸，古代的没赶上，却能置身在此时此地的空中花园。前几天因为天气特别好，我们去那里看花观景吃午饭。沿路花圃中的奇花异卉，往往令我目迷五色，举步维艰。岂止花好看，草也迷人。迎风而舞的草，让人不得不想起虞美人。我总是告诉自己，前面景致更好，促使自己挪动脚步。

公园中的布局精致奇妙，刚走完一段静谧的林荫道，突然眼前开朗，是开阔的歇息场地。有一座巨大的现代雕塑和许多供日光浴用的躺椅。躺椅上的人喝着饮料、吃着东西，不时扬起欢笑声，令我羡慕，也想找一处躺下。就在这时，看到了那条水路，水很浅，淹过脚背而已。全是小朋友在里面玩耍，踢起阵阵水花，我便脱鞋加入他们，凉快我那走累了的双脚。

写于2015年11月

换个季节

天气太美好，我建议外出逛逛，跟妹妹说要带她去换个季节。妹妹喜欢购物，现在又是处处大减价，她以为我们要去购物中心买换季的衣物。但她没想到，目的地却是寇氏花园。

寇氏花园原来是20世纪铁路大亨威廉·罗伯逊·寇和妻子的乡间别墅，占地400英亩。内中的豪宅是典型伊丽莎白一世时期的建筑风格，其中收藏珍宝甚多。可惜这个季节不对外开放。我们并不失望，在偌大的庭院中走走就极舒服。走到一处树林，每根树枝都光秃秃的，一片叶子都不见。景观有几分苍凉，但却透出一股强劲的生命力。

寇氏花园是长岛区著名的植物园和历史遗址，它正式的名称是田野历史植物园（Planting Fields Arboretum）。这里的植物种类多到上万种，不仅有专家在此工作，也经常有老师带学生来此认识花草树木。

我们进入兰花温室，迎面数十盆盛开的美龄兰，让妹妹惊喜不已。另外还有跳舞兰、蝴蝶兰、拖鞋兰等。茶花温室中，有300多株，种类之多为北美第一。可惜花开不多，树上全是花苞。热带植物温室有高大的棕榈，各式各样的仙人掌。里面温度高又潮湿，我们都脱下外衣。妹妹恍然道："刚刚是春季，现在是夏季了。真的是在换季节啊！"

写于2012年1月

土拨鼠日

今天2月2日是土拨鼠日。北美寒冷的地带这一天都会举行庆祝活动。宾州普克苏托尼（Punxsutawney）镇的庆祝仪式最为著名，许多人从外地赶去参加。当地的明星土拨鼠大名叫菲尔，世代延续使用。它日常生活有特定的人士照料。它的住处是个人造洞穴，在它的活动范围外面设玻璃窗，任何人都可以随时前往拜访。

根据传说，今天土拨鼠从洞里出来，如果是阴天，它看不到自己的影子，那就表示温暖的日子会早来；假如它看到了自己的影子，那我们就得再熬六个星期的寒冷日子。今年菲尔的预告是冬日将逗留，而我们纽约的土拨鼠则预言早春。我当然拥护我们纽约的土拨鼠，特别是此时天空正在继续飘雪，我多么盼望春天早来啊！

土拨鼠的传说起于德国农民，就和我们的农历一样，与耕种有关。但是当时传说中能预测天气的动物，并非土拨鼠，而是獾。移民来到宾州的德国农人，在那一带看不到獾，却发现了许多土拨鼠，于是土拨鼠就篡了獾在传说中预言天气的位。

为什么把 2 月 2 日定为土拨鼠日呢？那是因为宾州普克苏托尼镇的土拨鼠到了 2 月便会从冬眠中苏醒。要是这批德国农民移民来此，定居在较暖或较冷的地方，那么土拨鼠日也许就是另外的日子了。

写到这里顺便介绍一部好电影，就叫《土拨鼠日》。

写于 2015 年 2 月

要去看莲花

阿新说要去看莲花。自从读了孙恺愉那篇《曼哈顿莲花花园》，她不时提起这个话题，只是这次语气更加迫切了。她说6月是莲花的季节，去看花很有可能会遇到花神。至于莲花花神是何方神圣，她却答不上来了。

我手边有王孝廉的《花与花神》，马上查到了答案。莲花花神是古代镜湖上采莲的美丽女子西施。“沉鱼落雁、羞花闭月”中，使得鱼儿们见到她的美貌，纷纷沉到水底去的便也是这位西施女士。她的故事如诗如画，令人联想翩翩。先是国际女间谍，后来又成为巨富陶朱公泛舟湖上的伴侣。

我非常喜爱我们自己的神话，虽然它们不像希腊神话那么系统化，却另有一番繁丽和人情味。民间往往把钟爱的人物升华成神祇，像西施成了莲花花神，陶渊明成了菊花花神。那可真是我们民创、民选的啊！

这么想下去，我也变得跟阿新一样迫切地向往起曼哈顿的莲花花园了。孙恺愉说它坐落在离地面20英尺的车库屋顶，绿色树丛茂密，鱼池里面水声簌簌。一旦置身这小小的空中花园，你会以为进入了另外一个时空。闹市曼哈顿里存在这样的仙境，纽约人实在太幸福了。

阿新说得对，我们要快点去看莲花花园。我的脑际已经是一片江南风光：江南可采莲，莲叶何田田。

写于2014年6月

英雄猫救主

我们说，狗咬人不是新闻，人咬狗才是新闻。近来这里却出现了一条狗咬人的轰动新闻。加州一个叫吉米（Jeremy）的四岁小男孩，在家中院子里骑车玩，突然一只邻居的狗奔过来袭击他，咬他，还把他拖翻在地。紧急关头，吉米家的猫塔拉（Tara）一头冲向那只狗，不但撞倒了它，还把它吓跑了。

塔拉是吉米父母五年前带回家的流浪猫。一年后吉米出生，塔拉和小主人就成了最亲密的伙伴。这次塔拉救主的义行，报纸、电视都大肆报道，而 YouTube 上又疯传事故发生的现场情景。一时间“英雄猫”塔拉出尽风头。

我们总是认为狗是人类最忠实的朋友，日本火车站有著名的狗塑像，许多地方有祭祀狗的神庙。而猫似乎从来都是懒洋洋地享受我们的关爱和照顾。一只伤人的恶狗改变不了我们对狗的感情，但是塔拉肯定为猫们建立了新形象。

果然，那里职棒小联盟开赛，邀请了塔拉作为“开球”的贵宾。那天看球的人比平常多了一倍，可见塔拉的魅力。

也是因为塔拉，我们今天来到下城新开的“猫咪咖啡店”：一间供人享用咖啡、糕点，另一间供猫们游走歇息。这里的猫可以认养，我以为这是阿新的目的。她连称不是，说：“来这里跟猫玩玩，就很过瘾了。”

写于 2014 年 6 月

迎春花

玲玲和我在附近散步，看到路边树枝星星点点的嫩绿，两人就兴奋。她带着诚惶诚恐的口气说："这样美丽的阳光，暖和的风该不会又一溜烟地不见了吧？"已经4月中旬了，春天的脚步还不稳定，好几次突然消失，让我们莫名所以地一再与苦寒冷风战斗。

没想到转了个弯，公寓大楼沿墙开了一片黄色的迎春花，真是像围了一圈金色的腰带。玲玲大学修过园艺，花花草草的知识丰富。她说大家都熟悉迎春花，却不知道还有探春花。迎春是先开花后吐叶，而探春则是先长叶后开花。我想的是，春天真的来了。接着也想起贾宝玉的四个姐妹。

回到家我找出柏原的《谈花说木》。果然在谈迎春花的这一章里提到探春花。柏原说探春花抗寒能力差，生长在南方。他认为住在北京的曹雪芹是把连翘写成了“探春”。

迎春花的花语是相爱到永远。据说大禹治水的途中碰到一位美丽的姑娘，不但照顾他们生活，还为他们指点水源。大禹和这位姑娘由相近、相亲、相爱而结成夫妻。后来大禹他们要到更远的地方，分手时他解下束腰的荆藤留给她。大禹带领治水的人踏遍九州岛，疏通江河，大功告成回来，整天呆立盼望他的这位姑娘，已经变成了一座石像，手里紧紧拿着那条荆藤。大禹的泪水落在荆藤上，开出朵朵小黄花，这小黄花就是迎春花。

写于 2015 年 4 月

何处不相逢

近来周末地铁频频改道，一不留意就会弄得在里面转悠半天。今天我从法拉盛回来，转车时经过电梯，那里守候的一位富态老太太问我，电梯怎么不去 R 车的月台了？她说，她坐下去找不到又坐了回来。她的问题我还真答不上来，因为我有过和她相同的经验。总之车站正在装修，这个电梯只下到一半，还得另外换电梯，然后再走一段曲折的阶梯。

我也正要去转R车，而且她说要去雷哥公园，也是我的目的地。我带着她去乘扶手电梯。到R车月台，慢车这边站满了人。一位女士苦笑着跟我们搭讪，说快车四部过去了，慢车一部也不来。这时扩音器响起来，偏偏富态老太太向我连说道谢，我就没听清扩音器说了些什么。刚刚跟我搭讪的女士进了新来的快车，大声告诉我们改成慢车了。我赶快拉了富态老太太一同进去。

刚刚坐好，对面一位中年女士直对我点头微笑。我一面思索她是谁，一面还礼微笑。她竟起身过来，我心里叫糟，还好她递给我一张纸便退回座位。那张纸写的是叫人信上帝。原来是个传教的。

到了雷哥公园站，富态老太太打手机叫人来接。我任务完成了，和她告别。快走到家时，碰到新搬来的陈先生，他说正要去地铁站接母亲。我恍然大悟，第一眼就觉得富态老太太脸熟，原来母子俩是一样的圆脸。

写于2015年7月

当玲玲碰到骗子

玲玲对我们说，因为过节过年，那个向人兜售灵符和化缘的假和尚再度频繁出现。这个和尚半年多前曾经在这一带行骗，据说专门以华人为对象。虽然那时中英文报纸都已然做了不少报道，不过他可能还是骗了不少人的钱。真是叫人深恶痛绝。

最近他第一次缠住玲玲，是向她推销灵符，说是延年益寿保平安。跟玲玲要两百块钱。玲玲被他纠缠不过，把身上仅有的五块钱给了他。他一把抓了钱就走人，嘴里还叽叽咕咕嫌钱少。她担心我们也受骗，一再提醒我们要当心。林子听了直笑，说也遇到过这个假和尚，根本不给他接近的机会。

玲玲说吃了一次亏学乖了，以后碰到他不肯给钱了。假和尚便出示化缘手册给她看。里面记了一笔笔捐款，从一二百到上千的捐款。我赶快问她给钱了没有。玲玲说想了想没给，那个假和尚竟然口出恶言。林子笑得趴到饭桌上，因为我们三个人正围桌喝茶吃点心。林子说路边讨钱的人身旁放的盒子里都有五块、十块的票子，都是他们自己放的，做出假象来诱惑别人。

后来玲玲再度碰到了这个假和尚，他又找上她。她问他认不认识她。假和尚摇头。她生气地说："我认得你。给过你五块钱。你还骂过我……"玲玲这么和假和尚较劲，这回林子和我两个人都笑得趴在饭桌上了。

写于 2015 年 9 月

乡　音

我挤在熙熙攘攘的人群中仰望火车时刻表，身侧有人在说话。

“又是你！你是不是又丢钱了，又要向我借？”

“哪里哦，我只是想问你时间啦，我的手表……”他嗫嚅道。

我第一次碰到他，几乎就在这同一地点，他拦住我正在赶路的脚步：“你，台湾来的是不是？”虽然纽约人不兴理睬陌生人，但是他的东方面孔加上台湾国语，立即解除了我心里的武装。“你看我裤子被人割破了。”他指着裤腰上一大条裂口说，“我身上带了一千多块钱，都被偷掉了。现在连回家的车票都没钱买。请你帮帮忙，借给我五块钱。请您留个电话或地址给我，我寄还你。”说着他从上衣口袋掏出一个小本子，“你看，这是我的护照。”

我哪里要验明正身。我匆匆忙忙打开皮包东掏西摸，只有一张十块钱的钞票。只见他两眼发光，一把从我手中把钱抽了过去。钱一到手，他急忙转身走，还不忘甩过来一句：“我是基督徒，愿上帝保佑你。”

他最后这一手太恶劣了，非但明摆着叫我感到受骗，还叫我像是吞下一只苍蝇般恶心。其实，谁会天天带着护照在身上？再说纽约满街跑的人，谁又会身上带着一千块现金呢？我觉得窝囊死了。都怪我一厢情愿。唉，都是乡音在作怪。

写于 2009 年 7 月

儿童游戏场

儿童游戏场（playground）一向是我喜欢的地方。那里孩子此起彼伏的嬉笑声吸引着我。天气好时，我常带本书去那里，坐在阴凉处，看书是假，看小孩是真。小孩的追逐笑闹里，漫溢着纯粹的快乐。

儿子小时，我们住在日内瓦，出门走不到3分钟就是一个儿童游戏场，我们母子俩常待在那里。他和小伙伴玩沙、滑滑梯、荡秋千，或者打闹，我们一群妈妈就坐在木凳上谈天说地交换烹饪心得，那几年我的厨艺最有进步。

有一次我们全家出游，玩到维也纳，儿子跟我们提条件：再也不去博物馆了。我们问他要去哪里。他说，儿童游戏场，而且说他看见我们旅馆附近就有。没法子我们只好陪他去那里。奇怪的是，当时说法文的他和当地那些说德文的小孩一下子就玩到一起去了，十分投入。回到日内瓦，有人问他这次旅游的事，他的标准答案是：游戏场最好玩！

近日此地华埠游戏场出了一件新闻上了报。一位林姓女士坐在里面休息，警察来干涉，并且给了她罚款单，因为本市规定：大人除非带着小孩，否则禁止进入游戏场。规定挂在场外进口处，但是林女士不认识英文。而且，就算认识，谁又会注意呢？

写于 2009 年 7 月

他们不开车

从法国度假回来那天，克丽丝一人开车，到达戴高乐机场，开了近 7 个钟头。我坐在一旁心里充满惭愧，恨死自己不会开车。克丽丝称我为副驾驶员，我们那伙朋友听了都笑。他们都知道我连地图都会看错，一致公认绝对不能让王渝指点方向。

前两天《纽约时报》有篇文章，沛然叫我看。先入眼的是张图片，几个人站了一排，身边放了行李。我想多半与旅游有关吧。确实是和旅游有关，但主题却不是旅游，而是谈论纽约人不会开车的问题。图片中的他们正在等待出租车。

文章中称纽约市有驾驶执照的达300多万人，但是不开车或不会开车的人数却出乎意料地高。而且他们大多是二十几岁到五十几岁事业有成的人士。一位著名刊物的撰稿人说，纽约这个地方，许多人在他们本行表现出色，可是在日常生活最简单的事上却显得无能。比如开车，看看大平原区，16岁以上的个个都会开车。环境决定一切，在那里不开车就等于没有腿。我们纽约市，开了车进城，找个停车位闹得你一个头两个大。何况公共交通又方便。也难怪此地不开车的那么多。

36岁的艺术顾问蒙丽萨说，她相信人分两类：开车的和不开车的。她自认是后者。读到这里我的心情已经非常好，连停在阳台上的两只鸽子我都没去赶走。

写于2014年7月

纽约的诗路

我喜欢的纽约书店有好几家，最常去的则是中城41街东边的那一家，因为那里设有专柜卖推理小说，每本一美元。

推理小说是我随身必备之书，如果发现忘记带了，就像迷失于蛮荒地带。有它在手，无论等人、坐车，周遭的环境立即变得安宁笃定。

不知是哪一天，走在去这家书店的路上，我突然发现脚下踏着一块长方形铜块，上面还有图形和字迹。

好奇心使得我停下脚步，想看个究竟，身体却被一位急促擦身而过的大汉撞得几乎失去重心，另外一个路人则回过头来对我怒目而视，我赶快识相地让开，贴身站到墙边。确定自己所在地安全、不挡路，我的注意力投注到地面。这一看，简直是出现了奇迹，这整条街地面齐齐镶嵌一整排的长方形铜块。我真恨不得手上有一架望远镜。可怜的我急忙戴上近视眼镜。唉，假如我有长颈鹿的脖子那该多好。终于在起落不停的匆忙脚步间，我看清了离我最近那铜块上镌刻的一行字：造成这世界的是故事，不是原子。啊，说得多好。故事安慰我们，启发我们，并且联系我们。我去买书，不就是去寻找故事吗？

后来我更发现，这些铜块镌刻的都是诗句和文学引言，一共有 96 块，镶满了连续的两条街。我把它们称作“纽约的诗路”。

写于 2009 年 7 月

地铁中

我不喜欢搭地铁。因为一进入地铁就置身一个没有风景的世界。

如果在个别城市，在封闭的车厢中还是有事可做的。我可以观人，而人是永远看不厌的。但是，纽约人是不可乱看的。那次，也就是在地铁中，我对着一张浮凸着块影的脸，联想到塞尚笔下的风景而神游其中。

不知是不是我的视线带动了他。“现在几点钟？”粗声大气地问话的正是我对着的那张脸。

“十一点二十三分。”我一面看着手表一面老实地回答。

脸上布满塞尚笔势的人，对我的回答毫不领情，径自俯身来看我的手表。

“这样廉价的表靠得住吗？”他不屑地说，并且竟然用他粗壮的手指在我的表上戳了几下。

所以在纽约的地铁中看人是不行的。那么，看书吧。

……我正读推理小说读得津津有味时，忽然感觉到我放在腿上的皮包自动游走起来。总算我及时紧紧逮住了它，而且不自觉地惊呼出声。我身旁那位男子很快地把捏着我皮包的手一松，缓缓地站起身，礼貌地微笑着对我轻轻颔首，然后转开脸摇摇头做出一副无可奈何的姿态。车上的人都静静地瞪着我，立时我意识到诸人眼中的疑惑。我不得不佩服那位男子应变的高明，同时气愤同车乘客推理能力的不济。

车一停，我立刻跳了下去，虽然还没到我要下车的地方。

写于 2009 年 7 月

地下艺术家群落

纽约，地下的世界和地面上的一样多彩多姿。站台上有演奏各种乐器的。悠扬的乐音抵制着轰隆隆老旧地铁的奔波喘息。

至于那些比较宽广的通道，则常有人表演歌唱舞蹈，甚至有人做身体演出。你看他全身涂成银色，穿一身银色衣服，一动不动地站立在一个小木箱上，完全像一座雕塑，强烈传达出人可以物化的讯息。也有人朗诵诗。一个胖胖的小胡子，约莫20岁出头，伸出双手对过路人做阻拦状，一面表情十足地念道："啊，先生/啊，女士/你为什么匆忙地赶着回家/邮箱里没有情书/都是凶神恶煞催付的账单/何不去喝一杯/只要你请客/我一定回报你一个精彩的笑话。"念一个段落，他就推销自己的盘片。他说："原价十块，今天优惠，只收五块，要买就快。"他跟着说明，你买一张，他为你即席赋诗一首，保证原创。如果你回家听了不喜欢，打电话给他，他便登门归还付款，盘片则依旧让你留下。

车厢里花样也不少，唱歌的，演奏乐器的，还有为乘客速写的，能在两三站的车程中捕捉到你的特点，将画交给你时，他轻声说："小费随意，不给也行。"《纽约时报》登了一篇关于他的报道，看来乘客对他的兴趣将会更大。

这些艺人的出现，缓解了纽约地下世界的几许沉闷、焦虑、急迫和摩擦。

写于 2009 年 7 月

乔治的花园

曼哈顿中城的第九大道这几年来日益繁荣，已经发展成一条吃街。哪有什么花园？乔治却说要带我去看他的小花园。好吧，我就耐心地等待谜底揭晓。

走到四十八街，乔治往西转，脚步慢下来。这整条街在两边大树隐蔽下，不但暑气尽消而且把喧闹都隔开了。走到一处铁栅栏围住的门口，只见里面一片翠绿，充耳则是啾啾的鸟声。乔治掏出钥匙打开门，里面别有天地。除了石铺的小径，全是绿油油的草地。

草地上有好几棵大树，一边是花圃，另一边是一座亭子。亭子里面放置了桌椅，大树下也散放着木头椅子。树下的椅子上有人看报，有人聊天。对着那亭子，我想：要是带杯咖啡来该多好。

我们沿小径走到尽头，又是一道门，又有铁栅栏隔开。乔治说他的花园就在里面。外面的大园子，附近居民都可以领取钥匙进来，而这里面则属于他们这些花园主人的。乔治的花园十来平方尺大，种的有西红柿、青豆、波斯菊、玫瑰、三色堇和一些香菜。紧邻着他的则种了一园子紫色的花草，很有意思，也非常别致。乔治说受了他的影响，也准备种一些紫色的薰衣草。

这样的城市绿洲，曼哈顿许多住宅区都有，居民都可申请一块自己的花园。乔治说他的小花园，他等了七年才等到。

写于2009年10月

哈德逊河四百年

我刚到纽约，住处在哥伦比亚大学附近的河边大道，因此有缘早早结识了哈德逊河。河边公园是穷学生最好的去处，春日散步，夏日野餐，秋天赏枫，冬季溜冰，甚至寻幽探胜，去看看李鸿章手植的树，参观美丽哥特式的河边大教堂。

400年前，英国人亨利·哈德逊，为荷兰寻找通往东方贸易的快捷方式而抵达此地，发现这条河。为了褒扬他的探险壮举，从此就以他的姓氏命名。为了纪念，今年国庆的烟火秀从东河转到曼哈顿西边的哈德逊河。而且早早宣称烟火会比往年更为盛大、华丽、壮观。东河餐饮业纷纷为失去每年一次赚大钱的机会叫苦。

纽约州也早就做出准备，从几年前开始建造了一艘17世纪的航海船，与当年亨利·哈德逊所乘的“半月”一模一样。此船不航行时就在纽约首府阿巴利供人参观。8月底“半月”则会来到纽约市，让本地人一睹风采和乘坐。

此外，纽约市的博物馆正在展出有关哈德逊河的历史文件、书籍和地图，有些珍贵数据还是特地从荷兰借来的。

关于亨利·哈德逊最后的结局一直记录不详。根据传说，1611年，他再次出航对哈德逊河做更深入的探勘时，船上发生叛变，他、他的儿子，还有八个忠于他的船员被放逐到一只救生艇上，从此再也没人知道他们的下落。

写于2009年7月

跋：我们的渝姐姐

如果你上网搜一下，王渝不是一个平凡的符号。但在我和副刊前任编辑孙嘉萍、李淼眼中，她就是一个可爱、温暖的姐姐。多年来，她每隔一日在《纽约抒怀》中快乐地记录着大洋彼岸的生活，间或有她每年回台湾的见闻，幽默灵动的文字里闪现的多是美好有趣、睿智可爱的中西文化人乃至普通人。你的心是怎样的，你看到的世界就是怎样的。这句话放在渝姐姐身上最好不过。

薰衣草盛放的季节到了，渝姐姐围着美丽的紫色围巾，喜滋滋地去长岛看花。她适时传来照片，与我分享美丽花事。刚刚入秋，她又戴上紫色的帽子，徜徉在纽约金黄的秋林中，噢，渝姐姐，你总是以清新的心面对这沸腾的生活，并以文字、话语，深深感染着周围的人。

前年春天，她说梦见我和李淼去纽约看她，情节还没发展，还没逛到第五大道，她就惆怅地醒了。2012 年秋天，她终于来香港了，住在北岛老师位于马鞍山的工作室，我去接她和沛然大哥远赴长洲舒非的度假屋游玩，开门的一刹那，她欢喜地叫道："红芬，你比我想象得还年轻。"

她总是鼓励我写作。看了我的《平凡家庭》，渝姐姐说："你可比我记得详尽生动，很温馨的日常家庭事。让我想起归有光的一些小品。儿子个性明显有主见，像塞尚的画。妹妹娇美鬼马像一首能感觉却难懂的现代诗。"

人生有这样心意相通的长辈文友，能不幸福？

傅红芬

2016 年 4 月 10 号于香港

副刊

已出版图书目录

一、精品栏目荟萃

《副刊面面观》

《心香一瓣》

《纽约客闲话精选集　一》

《多味斋》

《文艺地图之一城风月向来人》

二、个人作品精选

《踏歌行》

《家园与乡愁》

《我画文人肖像》

《茶事一年间》

《好在共一城风雨》

《从第一槌开始》

《碰上的缘分》

《抓在手里的阳光》